LE DÉFI DE JÉRUSALEM

ÉRIC-EMMANUEL SCHMITT

LE DÉFI DE JÉRUSALEM

Un voyage en Terre sainte

Postface du Pape François

ALBIN MICHEL

IL A ÉTÉ TIRÉ DE CET OUVRAGE

Vingt exemplaires
sur vélin bouffant des papeteries Salzer
dont dix exemplaires numérotés de 1 *à* 10
et dix exemplaires, hors commerce, numérotés de I *à* X

Pourquoi partir ?

Tout commence par un coup de téléphone. Stridences, vibrations et clochettes déchirent le silence en une sorte d'impatience mécanique, la forme que prend souvent le destin aujourd'hui. Bien qu'occupé à écrire, je jette un œil sur l'appareil, identifie un numéro venant de Rome et décroche.

– C'est Sandro, ton éditeur italien. Le Vatican m'a appelé à ton sujet. Un responsable de haut niveau. Peut-il te contacter directement ?

– Pour une interview ?

Ayant déjà participé aux émissions qu'organisent les médias du Vatican, je cherche mon carnet de rendez-vous.

– Non ! Plus important que ça... Il t'expliquera.

La voix grave, minérale, d'ordinaire si posée de Sandro Ferri trahit une certaine excitation.

– Sandro, tu en sais davantage que moi...

– Oui.

– Tu ne veux rien me dire ?

– Je communique ton numéro, d'accord ?

Effet d'un pressentiment ? En moi s'ouvre la porte d'une totale disponibilité. Délaissant mon écran où flotte une phrase inachevée, je repousse ma chaise, quitte le bureau, descends à la cuisine et me consacre au cérémonial du thé : choisir l'essence du jour parmi les pots, chauffer l'eau à 70 degrés, préparer filtre et récipient, diverses actions qui m'absorbent en écartant les questions. Mon esprit ne gribouille aucune hypothèse, j'attends sagement, telle une page blanche.

Le téléphone s'agite et bourdonne à nouveau. Un deuxième numéro romain s'affiche. Depuis son cabinet au Saint-Siège, Lorenzo Fazzini m'expose sa proposition dans un français chantant :

– Ici, au Vatican, nous apprécions votre foi et votre liberté. Nous aimerions beaucoup vous envoyer en Terre sainte : vous visiteriez les lieux, feriez des rencontres, et peut-être en reviendriez-vous avec un livre, le journal de votre voyage. Qu'en pensez-vous ?

Son offre brille avec l'insoutenable éclat d'une évidence. Je saisis enfin pourquoi ont échoué mes nombreuses tentatives pour mener à bien cette expédition dont j'avais tant caressé le rêve, que j'avais même planifiée à maintes reprises au cours des dernières années, en famille ou en compagnie d'amis juifs : cela devait se réaliser dans ces conditions-là.

Nous bavardons, tout au bonheur d'envisager cette perspective. Au fil de notre conversation, je me sens pousser des ailes, que je retiens au moment de raccrocher : quand ?

Où trouver le temps d'un long voyage ? Des mois d'écriture bloquent mon horizon, durant lesquels, attelé au bureau, je rédigerai *Soleil sombre*, le tome égyptien de mon cycle romanesque *La Traversée des temps*, auquel succéderont cinq autres volumes, exigeant eux aussi ma présence…

Je vais être contraint de refuser.

*

Pourquoi partir ?

À quoi bon parcourir la grotte de Bethléem, les collines de Nazareth, le désert de Judée, les rives du lac Tibériade, le chemin de croix jusqu'au Calvaire ? Ma foi ne sera pas modifiée quand elle aura gagné des pieds. Se cache-t-il en Israël, en Palestine, en Jordanie, un élément que les Livres occulteraient ? L'esprit ne se nourrit pas de pierres, de sentiers, de bâtiments. Meilleur croyant, c'est n'importe où que je peux le devenir.

Pourtant, à l'instar de tant de pèlerins juifs,

chrétiens, musulmans depuis des siècles, me voici au seuil d'une envie, en train de contempler l'inconnu et de mesurer mon incomplétude : marcher là-bas, où tout a débuté, où tout s'est noué. Quelque chose me presse. Sans idées de ce que je rejoindrai, j'aspire pourtant à m'y rendre.

Certains philosophes appauvrissent notre regard en dénonçant le désir comme un manque. Néant qu'il faut combler, il serait l'expression d'une béance. Au contraire, j'y vois du plein. Dans mon désir de partir, j'entends un appel.

*

Pourquoi partir ?

La photographie, le cinéma, la vidéo ont changé le voyage, car des milliers d'images précèdent l'instant où nous bouclons nos valises. Même lorsque nous nous éloignons de notre quotidien, nous ne nous dirigeons plus vers l'inconnu. Les limites du monde ont disparu, ces au-delà opaques d'une herméticité absolue, ces confins auxquels ne s'accrochaient que des rêves. L'étranger est devenu familier, l'effroi s'amoindrit à mesure que s'élargit le champ de l'iconographie, nous avançons toujours vers de l'entrevu.

Néanmoins, de Jérusalem je ne possède que des clichés. Neutres. Objectifs. De banales cartes postales.

Il y manque les odeurs, les sons, la chaleur, la sueur, l'émotion, le vertige, l'effort, la fatigue. Il y manque moi.

On voyage pour prendre corps.

Irais-je à Jérusalem également pour donner un corps à ma foi ?

*

En consultant mon agenda des deux prochaines années, je déniche le moment approprié. J'en avise aussitôt Lorenzo Fazzini : en automne, entre les réunions du prix Goncourt, je dispose d'une période sans écriture ni représentations théâtrales. À l'autre bout du fil résonne la voix mélodieuse de mon interlocuteur :

– Au mois de septembre, la nature en Galilée et en Judée est tout simplement éblouissante.

Nous élaborons ensemble les étapes de mon séjour et le partageons en trois phases : d'abord, pèlerin parmi les pèlerins, j'irai grossir un groupe de croyants, ensuite seul à Jérusalem, enfin en sa compagnie pour quelques ultimes entretiens.

Chaque fois qu'il me demande avec gentillesse si j'ai d'autres désirs, je tombe dans un gouffre. Des désirs ? Oui, je désire ardemment, follement, énormément, mais j'ignore quoi. Une tension m'habite, forte, brûlante, irrésistible, sans que je détermine son but.

Tel est l'appétit de la rencontre : une envie privée d'objet au centre d'une disponibilité fervente.

À moins qu'une part de moi, encore obscure à ma conscience, sache ce qu'elle trouvera ?

À moins qu'au-dessus de moi une instance me prépare à une surprise ?

*

En me replongeant dans l'écriture, je m'aperçois que, même si je pars dans six mois, mon voyage s'amorce déjà en imagination, doublé par la fiction que je suis en train d'échafauder.

Au cœur de *Soleil sombre*, mon roman qui se situe en 1650 avant notre ère sur les bords du Nil, Moïse rassemble les nécessiteux de Memphis, la capitale des deux royaumes, afin qu'ils s'affranchissent du joug de la servitude et gagnent la Terre promise, Canaan. « Sortir d'Égypte » se révèle son obsession. Par là il entend vivre autrement que dans l'obéissance à un souverain temporel, abandonner la multitude des dieux pour n'en suivre qu'un, se dégager de la possession et de la propriété en vue d'épouser une existence pieuse, morale, spiritualisée. Tout autant que la promesse d'une Terre, Moïse formule la promesse d'un Ciel.

Canaan ! Ce territoire tant espéré, je m'apprête, moi aussi, à bientôt le fouler. Coïncidence ?

Coïncidence ! Mon roman a été conçu ainsi, le plan en fut tracé il y a plusieurs années, je n'en ai rien modifié.

Coïncidence… Ce mot prudent place les faits côte à côte sans les relier. Invoquer le hasard, le destin, la Providence, cela revient à énoncer un vœu, pas une position réfléchie. La coïncidence reste une brèche ouverte devant laquelle toute spéculation de l'esprit s'arrête net. L'interpréter, ce serait balayer l'interrogation. Un suicide intellectuel. Seule la perplexité sauvegarde la santé mentale.

La coïncidence est condamnée à demeurer troublante.

Plutôt que les causes d'une coïncidence, je préfère considérer ses effets. Écrire sur la Terre promise et m'y rendre ensuite souligne que mon œuvre et ma vie sont alignées. De cette cohérence, je tire un profond réconfort, une force renouvelée.

*

Partir vite !

Depuis des mois je travaille à mon bureau, immuablement, chaque jour qui passe, sans samedi, sans dimanche, de huit heures du matin à huit heures du soir. Lorsque je suis contraint de m'interrompre pour jouer *Madame Pylinska* ou *Monsieur Ibrahim* sur les planches, je continue à écrire dans le train, dans l'avion, jusque dans ma loge, comme vendredi dernier où, pris d'une fièvre correctrice à ma table de maquillage, j'ai failli rater mon entrée en scène.

Je deviens l'esclave du livre qui réclame d'exister. Il commande : là je dois décrire une oasis, ici un désert ; voilà qu'il me faut orchestrer les dix plaies d'Égypte puis murmurer à l'unisson d'un Noam en larmes ; à des dialogues vifs succéderont une introspection philosophique, un paragraphe élégiaque, tandis que la note en bas de page, de nature encyclopédique, m'inflige des vérifications rigoureuses. Roseau, j'accueille les requêtes du roman et m'y plie. Ai-je l'impression de me comporter en démiurge ? Pas du tout. Serviteur dévoué, je n'exerce aucun pouvoir, je me soumets à une puissance. Le livre vit dans mon imaginaire et, impérieux, exige de venir parmi les hommes ; il m'incombe de le détecter, de l'extirper des limbes, de le recevoir, de le présenter au monde. Mon travail se résume à celui d'un intermédiaire.

Chaque jour qui passe, de huit heures du matin à huit heures du soir, immuablement.

L'activité artistique m'a rendu platonicien et m'a conduit à saisir la justesse de la théorie qu'expose Platon sur les idées innées, quand il démontre que Socrate n'apprend pas au garçonnet à inventer la notion de triangle, mais à la découvrir. De même que le philosophe grec soutenait que les idées préexistent quelque part, que dès lors connaître se réduit à de l'attention, je suis convaincu que les romans et les nouvelles préexistent quelque part, et que écrire consiste à guetter la proie avant de ramener l'animal vivant. Jeune, on croit qu'on crée. Mûr, on comprend qu'on observe. Vieux, on sait qu'on obéit.

Chaque jour qui passe, de huit heures du matin à huit heures du soir, immuablement.

Une fois capturé dans le filet des pages, le roman prescrit encore. Il s'estime trop maigre à la page 101, trop gros à la 106 : alors j'esquisse un mouvement de recul, je le contemple, je lui donne raison et je m'exécute, développant ici, coupant là. Il m'accuse d'avoir ouvert une piste que je délaisse ultérieurement, d'avoir utilisé les mêmes adjectifs aussitôt que cette femme apparaît, d'avoir oublié des virgules, négligé les points-virgules, abusé des suspensions. Outré, il me reproche à chaque relecture de ne pas le soigner suffisamment et m'astreint à un nouveau toilettage minutieux. Ces interventions-là, appliquées aux détails, prennent souvent plus de temps et d'énergie que le grand geste qui fixait l'histoire. Mes romans sont mes tyrans.

Chaque jour qui passe, de huit heures du matin à huit heures du soir, immuablement.

Comme je l'aime pourtant, cette besogne énorme, pesante, méticuleuse et quasi infinie ! J'en goûte les instants glorieux autant que les ingrats. J'éprouve un bonheur ineffable à serrer les nœuds dramatiques, à ménager les coups de théâtre, à cerner une juste formulation, à voir surgir des personnages qui me surprennent, m'amusent, me choquent, se conduisent contre mon gré, et je m'apitoie sur leurs erreurs, me régale de leurs tours, participe à leur chagrin, regrette amèrement leur disparition. Je savoure même les moments que d'aucuns jugeraient décourageants, celui où les péripéties me semblent encore confuses, celui où je me suis égaré et recommence, celui où je cale parce que je n'ai pas débusqué la suite adéquate, celui où je corrige l'écrivain trop pressé, lequel s'est attaché à capter l'intensité des caractères, de l'action, plutôt qu'à ourler sa phrase.

Chaque jour qui passe, de huit heures du matin à huit heures du soir, immuablement.

Chez l'écrivain, vieillir procure un avantage. Les années apportent une meilleure intelligence de soi : on se connaît, on perd moins de temps, on ne court plus après la légitimité, on canalise ses forces sur les points capitaux, on ne se regarde plus dans le miroir toutes les trois phrases, on a repéré ses limites et surtout les ruses, les expédients, les méthodes qui permettent de les transcender. À vingt ans, j'étais un cheval sauvage que je ne parvenais pas à diriger. À soixante, je suis toujours ce cheval sauvage, mais je sais le mener.

*

J'écris.

Jérusalem se tient loin. À plusieurs centaines de pages.

J'écris.

Cet été studieux me ramène en arrière, entre dix-huit et vingt ans, lorsque je sacrifiais la belle saison pour préparer le concours de l'École normale supérieure. La charge de travail s'avère identique, mais les méthodes se sont améliorées. Tel un paysan madré, je pratique la jachère, cette technique agricole qui consiste à laisser un champ au repos avant de l'ensemencer de nouveau pendant qu'on moissonne une autre parcelle de terre. Précisément, je mets en jachère mes hémisphères cérébraux, le créatif et le critique. Dans une même journée, je les utilise tour à tour, jamais ensemble.

Le matin, j'allume l'hémisphère critique et corrige les pages de la veille. À dix heures trente, je l'éteins et mobilise l'hémisphère créatif afin de poursuivre le roman. Vers dix-sept heures, quand ce dernier se montre las, exsangue, trop ralenti pour un rebondissement imprévu ou une idée, je l'abandonne et reconnecte la part critique jusqu'à vingt heures.

Cet usage de la jachère cérébrale me permet de me concentrer au minimum douze heures d'affilée ; je l'ai apprise par moi-même et elle me rend bien plus fertile que durant ma jeunesse. Vieillir se révèle le contraire d'une déchéance.

*

Je viens de rédiger le moment où Moïse agonise. Depuis le mont Nébo, il aperçoit Canaan, la Terre promise, et pousse son dernier soupir avant d'y avoir posé le pied.

Moi, je dois garder mon souffle et finir le roman. Comme Moïse, je distingue presque le fleuve Jourdain. Septembre approche.

*

Ultime semaine d'août. L'épuisement me menace, mais il y a un mois, conscient que les forces me manqueraient, j'avais rédigé les deux chapitres finaux. Anticipant la panne, l'auteur en forme avait volé au secours de l'auteur harassé.

*

Soleil sombre chez l'imprimeur, lectures achevées pour le prix Goncourt : j'ai fait tout cela avec excitation, comme on remplit sa valise.

Demain, je m'envole. Je fus, à plusieurs reprises, étonné de ne pas me sentir éreinté. La joie d'avoir accompli ma tâche et l'impatience de partir maquilleraient-elles le surmenage ? Ou le supprimeraient-elles totalement ? La fatigue devient un ennemi potentiel que je guette, qui rôde, mais ne surgit pas. Quel livre emporter ? Un seul, ma bible.

Jamais je n'ai tant allégé mes bagages. D'ordinaire, même pour deux jours, je m'équipe de cinq ou six volumes.

L'ordinateur ? Surtout pas. Des carnets et des stylos. Rompant avec mes habitudes, je m'accorde le luxe de l'austérité.

*

Une intuition m'a poussé à me présenter très en avance à l'aéroport, bien au-delà de ma coutume. Heureusement ! Les frontières surveillées d'Israël existent déjà à Roissy, où il faut franchir de multiples contrôles. En courant, j'enfile les corridors, arrive devant les hôtesses, bondis vers ma place et la porte se referme derrière moi.

L'avion survole la Méditerranée. Depuis mon hublot, j'ai l'impression que, aussi immobiles qu'une nuée d'été, nous stagnons entre l'immensité blanchâtre du ciel et le bleu infini des flots. Sans le bruit du moteur, les vibrations de la carlingue, je nous imaginerais à l'arrêt. Bientôt Jérusalem ? Blotti au creux de mon fauteuil, je songe à cet étrange voyage qui a commencé il y a plusieurs années.

Chrétien, je ne le fus pas au départ.

Certes, on me baptisa : harmonium, bancs cirés, messe froide, chants grelottants, église humide aux vitraux industriels. Dans la France de 1960, on baptisait les nourrissons parce qu'ils appartenaient à une civilisation où ce sacrement accompagnait la naissance, l'usage relevant des rites sociaux autant que de la foi.

Mes parents penchaient plutôt vers le scepticisme, mais en pente douce, très douce… De même qu'il y a des gens qui croient mollement, ils doutaient modérément. Si mon père se reprochait de ne pas partager les convictions spirituelles de ses ancêtres, ma mère s'était détournée de la métaphysique. Athées, l'un avec regret, l'autre par indifférence, ils suspendaient leur jugement concernant Dieu ou Jésus-Christ – ce qui s'avérait honnête, car trop douter équivaut à ne plus douter. Comme un refus de se plier au rite baptismal les aurait contraints à déclarer la guerre à une famille où sévissaient une mère pieuse et des oncles dévots, ils organisèrent un baptême chrétien, exhibèrent fièrement leur petit mâle, commandèrent des ballottins de dragées bleu pâle, ces amandes enrobées d'une fine couche de sucre, offrirent un somptueux repas au cours duquel ils reçurent les cadeaux de circonstance, bracelets, médailles, gobelets en argent. Ce jour-là, selon ma sœur Florence, je n'appréciai guère d'être déshabillé puis aspergé d'eau bénite en public – je protestai en hurlant –, et je boudai le festin pendant lequel je dormis à poings fermés.

La religion se maintint à l'extérieur du clan familial. Mes parents m'expliquaient l'univers d'une façon matérialiste. De temps en temps, lorsque la conjoncture nous obligeait à assister à un office, nous nous y aventurions, circonspects, raidis par la défiance, craignant non le jugement de Dieu mais celui des hommes, qui, malgré notre accoutrement impeccable – le tailleur de ma mère, le col rond de ma sœur, la cravate de mon père, mon nœud papillon –, allaient deviner que nous restions des mécréants. Nous esquivions l'eucharistie et durant les prières, les chants, les litanies, nous ouvrions tous les quatre la bouche sans émettre un son, de sorte que je nous avais surnommés « la famille Poisson rouge ». Mon père désapprouvait les services modernes, il réprouvait les prêtres qui ne célébraient plus la messe en latin, les fidèles qui avalaient l'hostie en se dispensant de confession, il reprenait sur un ton exaspéré les récriminations des catholiques ultra-traditionalistes au point de laisser penser qu'il n'évitait l'Église qu'en raison de la réforme liturgique… Chez lui, la mauvaise foi tenait lieu de foi.

Enfant, quel regard portais-je sur Dieu ? Je ne voyais

que son absence, je n'entendais que son silence. Pour moi, les églises demeuraient des volumes creux qui attestaient le génie humain, pas l'esprit divin, les prières se réduisaient à des plaintes et je détestais écouter des voix résonner dans ces vastes bâtiments, horrifié par cette acoustique de piscine dont la réverbération redoublait les consonnes, ralentissait le débit, parait chaque parole prononcée d'une pompe solennelle. Quant à l'histoire de Jésus, je n'en récoltais que des bribes auxquelles je ne comprenais rien : je me demandais pourquoi, lorsqu'il s'adressait à Dieu, Jésus disait « Mon Père » s'il était Dieu lui-même ; je confondais la Trinité avec les trois crucifiés – le Christ, les deux larrons – ; surtout je m'étonnais que Marie, au courant dès le départ du plan divin, se montrât si maladroite par la suite. Parfois, quand le sage Jésus utilisait des paraboles à l'intention de ses interlocuteurs, le récit m'atteignait ; souvent je m'y perdais tant j'ignorais ce que signifiaient « samaritaine », « pharisien », « zélote ». En revanche les sculptures représentant Jésus me bouleversaient : ce corps souffrant au visage apaisé déclenchait une tempête en moi, j'y percevais la douleur et son dépassement, les vertus du sacrifice, le mépris de la mort, l'espérance ; j'y détectai aussi la beauté d'une vie droite, conséquente, limpide, qui s'épanouit dans l'héroïsme. Bref, j'éprouvais beaucoup de sympathie envers Jésus.

Cependant je l'oubliais sitôt que la famille Poisson rouge quittait la cérémonie…

Aux alentours de mes dix ans, la fréquentation des musées amena mes parents à me proposer une instruction religieuse. « Tu dois savoir décrypter la peinture sacrée des grands maîtres ! » s'exclama mon père en constatant ma perplexité devant les tableaux de Fra Angelico, de Vinci, de Raphaël, du Caravage, de Rubens, de Rembrandt, de Dalí.

On m'inscrivit au catéchisme. Hélas, la suite doucha les espoirs de mon père : après la tourmente de 1968 qui avait remis en question les méthodes pédagogiques, l'aumônier de la commune, gagné par les idées en vogue, avait transformé sa classe en espace de débat philosophique, moral, politique sur les thèmes clivants de l'époque, peine de mort, avortement, pauvreté, répartition des richesses, accueil de l'étranger… Évidemment, j'adorai d'emblée le père Pons et ne manquai aucun de ses cours ; de surcroît, au rythme de guitares électriques soutenues par une batterie, il nous faisait chanter des hymnes parés de teintes folk, hippies, contemporaines, ce qui nous emballait, nous les adolescents avides de haschich et de jeans taille basse. Davantage qu'au christianisme, il nous initia aux valeurs chrétiennes. Enthousiasmé, j'accomplis ma première communion sans connaître les Évangiles.

Mon rapport à Jésus s'arrêta là. Des études de lettres

classiques m'immergèrent dans le paganisme, puis ma spécialisation en philosophie, sous la direction de Jacques Derrida à l'École normale supérieure de la rue d'Ulm, conforta mon athéisme spontané en le convertissant en athéisme instruit, articulé. Afin de couronner mon éloignement de Dieu et de l'Église, j'écrivis une thèse de doctorat sur la métaphysique de Diderot, lequel, justement, avait été emprisonné à Vincennes pour athéisme.

C'est ce jeune homme-là, qui, âgé de vingt-huit ans, atterrit en février 1989 à Tamanrasset, aux portes du désert. J'entrai dans le Sahara athée, j'en ressortis croyant. J'ai consacré un livre, *La Nuit de feu*, à cette surprise, cet abandon subit, ce moment mystique passé sous les étoiles du Hoggar, une extase qui me conduisit vers la Puissance, au sein de laquelle je me fondis avant de redescendre parmi les sables. Cette échappée miraculeuse, parce qu'elle me mit en présence de Dieu, me remplit de sens et me donna la foi.

Laquelle ?

Dépourvu de cadres antérieurement construits pour accueillir cette visite, je ne reconnus personne dans mon Dieu du Hoggar : je n'y vis pas le Dieu de Moïse qu'aurait reconnu un juif, ni le Dieu de Jésus qu'aurait reconnu un chrétien, ni le Dieu de Mahomet qu'aurait reconnu un musulman. C'était Dieu, l'absolu. C'était

Dieu, l'infini. C'était Dieu, l'unique. Éventuellement ce Dieu que vénéraient les trois monothéismes.

Le désert ne me christianisa pas ; il me rapprocha du juif, du chrétien, du musulman, voire des mystiques orientaux, même si certains d'entre eux nommaient « vide » ce que j'appréhendais comme plein.

Le christianisme me fut révélé une autre nuit. Sous le ciel de Paris, allongé sur le lit dans mon appartement mansardé, je lus – rien de plus ordinaire – et cette lecture me modifia à jamais – rien de plus extraordinaire. Quel livre me changea ? Le best-seller mondial, celui que les moines recopièrent au fil des siècles, le premier qu'on fabriqua sitôt l'imprimerie inventée : les Évangiles.

Je lus les quatre textes à la suite. Voici que Matthieu, Marc, Luc, Jean m'exposaient linéairement la vie du Christ. Auparavant, je n'avais entraperçu, çà et là, que des pièces d'un puzzle dont je n'avais jamais jaugé l'ensemble.

Un élément me foudroya : l'amour ! Jésus le plaçait au-dessus de toutes les valeurs, au point d'en mourir et d'en renaître. Durant ma nuit illuminée, Dieu m'avait parlé de la raison des choses, pas de l'amour. J'y discernais soudain un prolongement inattendu, inédit, cohérent. Après le témoignage du sens par Dieu au cœur du désert, en ces pages je recueillais celui de l'amour par Jésus.

Des détails mobilisèrent mon attention : les

évangélistes ne racontaient pas la même histoire. Non seulement ils se distinguaient par la forme, le ton, le style, mais ils différaient quelquefois sur le fond, l'un narrant des faits qui n'apparaissaient pas chez l'autre, tous ne fournissant pas une interprétation identique des péripéties qu'ils relataient. Quatre menteurs se seraient arrangés pour rabâcher une seule fable ! Les faux témoins s'accordent toujours... Ces divergences lestaient de crédit leurs déclarations ; ces confusions propres à la vie apportaient de l'authenticité. Ne dit-on pas : « Chacun sa vérité » ?

À partir de cette nuit, la pensée de Jésus ne me lâcha plus. Je furetai, j'analysai, je compulsai, je comparai, je dévorai des dizaines de traités favorables à Jésus, ainsi que, en tout aussi grand nombre, des essais contestant son enseignement, voire son existence ; infatigable, je bravais intellectuellement le christianisme ; quelque chose dans les Évangiles m'avait touché, qui provoquait une obsession, pas une obsession circulaire, une obsession dynamique, laquelle relançait mon appétit de savoir.

Cependant, à mesure que je me documentais, je repoussais les documents. Ils ne suffisaient pas. L'investigation réclamait de moi un changement radical.

Être chrétien revient à accepter le mystère. Les récits évangéliques nous le présentent sans l'éclaircir, ils nous en rapportent les éléments comme de purs événements : Jésus, Fils de Dieu, né en Galilée, prodigua sa parole, souleva de plus en plus de méfiance, puis fut exécuté à Jérusalem où il ressuscita. À notre cerveau de mouliner jusqu'à admettre cela ! Au cœur d'y adhérer ! Le mystère ne réside pas dans l'inconnu, mais dans l'incompréhensible.

Première face du mystère : comment saisir que Dieu se fasse homme ? Que le hors-temps surgisse dans le temps ? Que l'éternel s'habille d'éphémère ? Que le transcendant se mue en immanent ? L'Incarnation, telle paraît l'énigme initiale à laquelle consentir. Dieu a pris chair, os, voix, sang en Jésus.

Deuxième face du mystère : comment concevoir qu'un individu se réveille de son trépas puisque, par définition, la mort condamne à un état irrémédiable ? La résurrection du Messie après le supplice de la croix déroute la rationalité autant que l'expérience.

Le mystère désigne donc ce que la pensée n'arrive pas à penser.

Sonder le christianisme me soumettait à cette épreuve et supposait que s'opérât en moi une véritable révolution intellectuelle. Aux yeux de beaucoup, exclure le christianisme une fois pour toutes satisfait le bon sens ; ainsi la raison ne se critique pas, omet de s'interroger sur ses bornes, étouffe toute velléité de curiosité qui pourrait finir par lui ôter la certitude de sa supériorité ;

autant frileuse que dédaigneuse, elle se tient à l'écart de la Révélation.

Or plus je méditais, moins je jugeais intègre cette raison-là. Une raison qui ne cherche plus à chercher ? Une raison qui préfère l'évitement à l'activité, le repos au mouvement ? Quelle paresse ! La raison scrupuleuse doit traquer ses limites. En même temps qu'elle exploite ses possibilités, elle mesure ses impossibilités ; lorsqu'elle décèle une frontière, elle va au-devant d'elle, l'explore au lieu de la fuir.

En travaillant des milliers d'heures sur le christianisme, ce fut philosophiquement que je transgressai la philosophie, rationnellement que je me risquai à l'irrationnel : la logique me poussait à dépasser la logique. Loin de trahir ou de me fourvoyer, j'avançais.

Enfin, à l'issue de quelques années d'enquête, je me rendis compte que j'étais devenu chrétien. Une alchimie intérieure, presque indépendante de ma volonté, m'avait métamorphosé. Aux deux questions fondamentales – « Jésus constitue-t-il l'incarnation de Dieu ? », « Jésus a-t-il ressuscité ? » –, je répondais par l'affirmative. Le christianisme ne nous aide pas à penser l'impensable, il nous incite à l'affronter humblement. Il tance l'esprit en lui confirmant ce que nous soupçonnions : la raison n'embrasse pas tout, beaucoup de choses lui échappent. L'essentiel peut-être…

La voix assurée du commandant interrompt mes rêveries.

– Mesdames, messieurs, nous entamons notre descente vers Tel-Aviv, veuillez s'il vous plaît redresser vos sièges, attacher vos ceintures et fermer vos tablettes.

Calme, le pilote délivre cette annonce en quatre langues. Rien de plus habituel pour lui que d'atterrir sur ce sol. Tout au contraire, mon cœur, lui, s'affole. Avec quoi ai-je rendez-vous ?

L'œil collé au hublot, je me comporte en voyeur et surprends Tel-Aviv à sa toilette.

Les villes ne sont pas destinées à être aperçues du ciel ; pomponnées pour les visiteurs d'en bas, elles ont négligé de se préparer à cet angle-là où elles se livrent davantage qu'elles ne le souhaiteraient. Espionnée d'en haut, Tel-Aviv trahit sa force avec ses hauts immeubles, son impatience avec la profusion des bâtiments, sa jeunesse par le règne du béton, son audace par sa façon de mordre sur les espaces nus qui la bordent. Je découvre ses divers âges : des tours, puis des maisons, puis des tours, puis un quartier engoncé, puis de nouveau des tours, puis des hangars. Ici, les buildings marquent une frontière à la lisière des zones arides, tels des quais du désert ; là, en contraste avec cette énergie volontaire et conquérante, une mer cobalt caresse les plages, appelant au plaisir paresseux.

Cette cité, je ne me reproche pas de l'avoir épiée

par l'œilleton du hublot. Elle est dense, elle est fringante. Tel-Aviv m'attire.

Nous nous posons.

Les aéroports n'ont pas été conçus pour faciliter les voyages mais pour en dégoûter, ils se ressemblent tous. En dépit des milliers de kilomètres franchis, nous retrouvons les mêmes couloirs, des enseignes similaires, des boutiques jumelles, une ambiance identique, un cadre technologique interchangeable, une logistique dénuée de singularités. Les aéroports devraient constituer une promesse, celle de la contrée où l'on atterrit ; au rebours, ils se raccordent à un fonctionnalisme universel. Pourquoi un pays commence-t-il après son aéroport ?

Hissa, jeune chauffeur brun à la voix caverneuse, m'attend au point de rencontre. Aussi branché que cordial, il arbore une barbe artistement taillée, des lunettes de soleil Versace où écussons et motifs contournés sculptent un balcon doré au-dessus des verres avec une exubérance qui m'amène à me demander si c'est l'Italie qui surgit au Moyen-Orient ou le Moyen-Orient qui a inspiré l'Italie.

Hissa m'annonce qu'il me conduit à Nazareth et que le déplacement durera deux heures.

L'internationalisme des autoroutes à trois voies prolonge celui de l'aéroport. Il me faudra sortir de ce sas pour enfin ressentir l'environnement, lequel m'apparaît déjà plus vert que lorsque je le survolais : depuis le ciel, je n'avais vu que la calvitie du sol ; en voiture, je repère quelques touffes sur son crâne.

Je ne peux m'empêcher de contempler le monde avec des yeux pluriséculaires, ceux que me prête Noam, mon héros immortel de *La Traversée des temps* : dans le passé, tout différait. Les vêtements des indigènes étaient fabriqués sur place. Les sentiers épousaient les accidents du paysage tandis qu'aujourd'hui des ingénieurs imposent au relief une route dessinée à coups de dynamite. Les races d'ânes et de chevaux avaient des caractéristiques locales lorsque désormais les mêmes véhicules circulent partout.

Au bout de dix minutes, je me mets à rêvasser, songeant au roman que j'ai achevé, à ceux que j'ai lus pour le prix Goncourt. Les chemins qu'emprunte ma pensée m'agacent : arrivé, je ne suis toujours pas parti ! Quoique mon corps se trouve en Israël, mon esprit demeure en Belgique, imprégné de ce qui l'a préoccupé durant des mois.

J'ouvre mon téléphone et m'acquitte de quelques courriels, persuadé que j'en finirai ainsi avec ce qui a précédé.

Je me concentre ensuite sur ma destination, Nazareth.

Enfant dans la France de Charles de Gaulle, j'entendais parler de Jésus de Nazareth et prenais naïvement Nazareth pour son nom de famille. Dès que je saisis qu'il s'agissait de Jésus natif de Nazareth, Nazareth me captiva plus que Jésus : ah oui, si l'on s'attachait à définir le Christ par son appartenance à cette cité, elle devait jouer un rôle majeur. Maintenant que je sais à quel point Nazareth se réduisait à un obscur patelin de Galilée, je manifeste davantage encore de curiosité. Pourquoi Nazareth ? Pourquoi tout débute-t-il dans ce coin perdu ?

Cette question me taraude du point de vue humain et du point de vue divin. Comment réussit-on à influencer le globe entier en naissant dans un bourg maigrelet ? Pourquoi Dieu a-t-il choisi un trou pareil ?

Mon regard furète d'un panneau indicateur bleu à un autre, tous trilingues, avec, au-dessus de l'arabe et de l'anglais, les élégants caractères de l'hébreu, cette écriture carrée reconnaissable entre toutes.

L'hébreu se déchiffre à l'envers et cet élan révèle le trait fondamental : l'hébreu remonte dramatiquement le temps.

Dramatiquement ? Au cinéma, lorsque la caméra suit un personnage, elle se déplace de gauche à droite, tel l'œil d'un lecteur sur la page ; en revanche, quand le cadreur inverse ce mouvement, il réalise un « travelling dramatique », lequel provoque un frisson d'effroi en contrariant l'ordre courant.

Remonter le temps ? L'hébreu, idiome sémitique apparu mille deux cents ans avant notre ère, ne mourut jamais. Il sommeilla. Censé s'éteindre avec la dispersion de sa population, il traversa les âges, dissimulé dans sa gangue religieuse, porté par les textes et la liturgie, subsistant envers et contre tout, aussi adoré que pauvre en vocabulaire – la Bible n'utilisait que 8 000 termes alors que la littérature grecque en comptait 120 000. Le courant de la Haskala le réveilla à l'époque des Lumières et l'on entreprit d'enrichir son lexique archaïque de notions neuves. Sous l'impulsion des différents nationalismes qui se développèrent en Europe, naquit un nationalisme juif désireux d'obtenir un État et une langue. Dès lors, l'hébreu redevint une langue écrite propice à la composition de fictions romanesques, puis, en 1920, une langue parlée grâce à Eliezer Ben Yehouda. À la création de la république d'Israël en 1948, deux mille cinq cents ans après que l'on avait chassé les élites juives de Jérusalem pour les repousser vers Babylone, l'hébreu passa du statut de langue adoptée à celui de langue maternelle. Son retour accompagna le retour à la terre.

Lire ainsi, de droite à gauche, n'est-ce pas autant rebrousser le chemin que les siècles ? Retrouver l'instant précédant l'exil ? Abolir la diaspora ? Un puissant vouloir collectif a rendu sa jeunesse à une langue éparpillée, égarée, sénescente. À ce jour, aucun peuple n'a montré plus de mémoire que le peuple juif. La durée n'érode rien, ni ses mots ni le souvenir de son histoire. C'est une nation hypermnésique.

Mon esprit railleur resurgit : au milieu des inscriptions publicitaires, je remarque que les chiffres, eux, à la différence des phrases, se lisent de gauche à droite. Comme me l'avait soufflé un ami juif : on pense ancien, on compte moderne !

Déconcertante proximité… Aujourd'hui, Pékin et Jérusalem partagent un incroyable privilège : parler un idiome de plusieurs millénaires. Un enfant israélien comprend encore les Livres bibliques d'Esther et de Jonas, de même qu'un Pékinois les sentences de Confucius. Leur langue a défié tous les dangers, les menaces, les guerres, ce qui, dans le cas des Juifs, s'avère plus prodigieux que dans celui des Chinois : rapidement privés de terre, ils résistèrent à des tentatives d'anéantissement violentes et réitérées. En cette année 2022, quoiqu'ils empruntent apparemment notre calendrier, en leur for intérieur les Chinois se trouvent en 4720 et les Juifs en 5782.

– Aïe !

La voiture a soudain bondi et je me cogne le front au plafond.

– Excusez-moi ! s'exclame Hissa.

Un dos-d'âne qu'il n'a pas vu me fait regretter de ne pas voyager comme autrefois. Si j'avais chevauché un âne, mon crâne n'aurait touché que le ciel ! Pendant que le jeune homme maugrée contre le ralentisseur sur lequel a buté le véhicule, une bosse se forme en haut de ma tempe.

Nous entamons une ascension à travers une succession de collines buissonneuses. Le long de la chaussée, je compte davantage d'immeubles en construction que de résidents, comme si une politique foncière volontariste allait entraîner un regain de naissances.

– Nazareth ! clame le chauffeur, aussi fier que s'il l'avait inventée.

*

« Que peut-il venir de bon de Nazareth ? »

Je me pose la même question que Nathanaël jadis.

« Que peut-il venir de bon de Nazareth ? » se demandait cet être cultivé au Ier siècle de notre ère lorsqu'on lui décrivit le Messie galiléen. D'après l'Évangile selon Jean, il s'étonnait que le Fils de Dieu surgît d'un endroit pareil.

À l'époque, Nazareth constituait un village haut perché, sans rues pavées, où vivaient deux cents analphabètes en compagnie de leurs animaux dans des gourbis accrochés à la roche. La vie était rythmée par les travaux des jours – transporter l'eau, nettoyer, éplucher, cuisiner –, les saisons, les besoins des champs, les soins du bétail, pendant qu'une poignée d'artisans fabriquaient de la vaisselle, des tissus, voire des meubles, tel un certain Joseph. Une minuscule synagogue abritait les deux seuls individus capables de lire, d'écrire et d'en transmettre les rudiments aux enfants, dont Jésus.

Maintenant, la ville de Nazareth, inaltérablement située à 400 mètres d'altitude, s'est agrandie, élargie, mais elle offre un parfum identique, celui de la trivialité. Entre les exhalaisons d'essence et les gras effluves des fast-foods, les pétarades des mobylettes et les klaxons des cars, la musiquette de variété internationale vomie par les autos et le folklore touristique arrosant les boutiques de bibelots, elle s'apparente à mille endroits. Voilà ce pour quoi j'ai franchi des milliers de kilomètres : la banalité.

Suis-je déçu ? Non, je reçois ma première leçon : l'unique berceau de l'extraordinaire est l'ordinaire.

Le chauffeur m'a déposé en haut d'une ruelle pentue, chez les Sœurs de Notre-Dame. Avec chaleur et gentillesse, elles m'avertissent que les autres pèlerins ne sont pas encore revenus d'expédition puis me conduisent à ma chambre, fraîche, proprette, aux murs coquille d'œuf. Là, je me plante devant le miroir et j'examine la bosse qui orne mon front droit, ce qui m'amuse car je ne me supposais pas capable de cette spectaculaire transformation. Souriant à mon reflet, je lui suggère d'en obtenir une deuxième pour ressembler au Moïse de Michel-Ange.

Sans plus m'éterniser, je sors de la chambre, fonce à l'extérieur et constate que la basilique de l'Annonciation, sise à l'emplacement de la grotte mariale, a déjà clos sa porte. Je me lance donc au hasard parmi les venelles centenaires. De villas en modestes palais, je longe des souvenirs du beau, plus que la beauté elle-même : tout est rongé par les ans, l'absence de restaurations, le manque de moyens. Les édifices témoignant du goût architectural ottoman oscillent, faute d'entretien, entre la splendeur et la lèpre ; la puanteur des bennes à ordures, mêlée aux odeurs d'urine, agresse le passant. S'ajoutant aux ravages du temps, l'épidémie de Covid a fortement affecté la cité où la fréquentation des touristes a cessé durant deux ans : maintes boutiques ont fermé leurs volets de bois, d'autres demeurent ouvertes en dévoilant leur agonie plutôt que leur vitalité, et de jolis cafés, agrémentés de livres ou de dessins, en attente des clients, présentent des fauteuils vides comme des paumes de mendiants.

Attristé, je retourne au couvent de pierre crème. L'une des sœurs de Nazareth, française, élégante, d'une autorité indiscutable, m'emmène, flanquée de quelques visiteurs, découvrir des vestiges sous le bâtiment de l'ordre hospitalier. Après moult escaliers et paliers, nous accédons à un espace large, profond, dégagé par des fouilles initiées en 1830. Devant nous se dresse, calfeutré, un gîte qu'un archéologue anglais a récemment appelé la « maison de

Joseph », celle où auraient logé Joseph, Marie, Jésus, ses frères et ses sœurs. L'habitacle, correctement conservé, se révèle une construction de pierres encastrée dans une grotte naturelle qui servait d'annexe selon les habitudes d'alors. Les arguments fracassants qui voudraient l'attribuer à Joseph restant ténus – « un savoir-faire et une compréhension structurelle de la roche qui exigeraient la technicité d'un charpentier » –, la sœur néglige l'hypothèse ; elle nous prie d'estimer que nous côtoyons un foyer contemporain de Joseph et nous exhorte à ne pas sombrer dans un faux culte. « Cherchons l'esprit, pas la lettre », assène-t-elle.

En remontant, elle m'indique du doigt le groupe de Français auquel je me joindrai pendant les dix prochains jours ; harassés, ils descendent du car, discutent, boivent au milieu de la cour ornée de palmiers et de géraniums écarlates. J'hésite. Je recule. S'agit-il bien d'eux ? J'aperçois toutes sortes de physiques, asiatiques, noirs, indiens, caucasiens, métis, et je saisis mal les bribes de leurs conversations. La sœur ne s'est-elle pas trompée ? Ce patchwork génétique n'évoque guère une bande de Français. Et surtout, je ne comprends rien à ce qu'ils racontent…

Un homme en chemisette blanche, à la peau foncée de type indien, s'approche de moi avec un merveilleux sourire. D'un timbre fruité, le père Henri me souhaite la bienvenue et me paraît d'emblée familier. Son accent chantant éclaircit la situation : lui et ses fidèles débarquent de La Réunion, cette île française si judicieusement nommée qui, dans l'océan Indien, à l'est de l'Afrique et de Madagascar, « réunit » des populations aux origines diverses ; quant à cette langue déroutante, c'est le créole réunionnais, un idiome qui, lui aussi, « réunit » puisque, à une base de français, il adjoint du tamoul, du malgache et de l'indo-portugais. Cette nouvelle me réjouit – j'avais effectué un bref séjour à La Réunion qui avait piqué ma curiosité.

Des cloches tintent. La chanson tournante, enivrante du muezzin retentit au loin. Les ombres ont disparu, mais la nuit n'a pas commencé ; les couleurs faiblissent, ainsi que les bruits, tandis que nos corps, moulus par les activités du jour, aspirent au repos.

Il est dix-neuf heures. Le père Henri crie à la cantonade qu'on va célébrer les vêpres avant de prendre le repas.

Sa phrase m'immobilise. Si je suis certain de me rendre au dîner, j'éprouve peu d'appétit pour une cérémonie liturgique. Feignant de déchiffrer un message sur mon téléphone, je laisse les pèlerins se diriger vers la chapelle, puis, sitôt le champ libre, je file m'enfermer dans ma chambre.

Cette retenue me vient de l'enfance – je l'ai dit, les Schmitt développaient un sentiment d'imposture lors d'un office –, mais elle procède également de ma foi, laquelle s'est construite dans la solitude, celle du désert qui me mit en contact avec Dieu, celle de la lecture qui fit naître ma passion pour Jésus. Jusqu'ici, je n'ai jamais ressenti le besoin de partager mes convictions avec d'autres, d'appartenir à une communauté, de ritualiser ma vie spirituelle, encore moins de l'exprimer selon des formes convenues, prescrites, issues de l'extérieur. Je cultive une croyance sauvage, singulière, rebelle, personnelle, soumise à ses rythmes spécifiques, dénuée de rapport aux traditions.

J'arpente ma cage, agacé, embarrassé. Participerai-je au pèlerinage en m'isolant ? Sot et contradictoire ! Pourquoi intégrer un groupe si, à la première occasion, je m'en écarte ? Une voix murmure au fond de moi :

– Que crains-tu ?

– De m'ennuyer.

– Les vêpres durent une demi-heure.

– Une éternité quand on s'emmerde.

– Tu as enduré des cérémonies bien plus rébarbatives sans réagir !

– Je n'y connais rien ! Aucun des chants, pas le tiers des prières. Je ne répondrai pas et m'épuiserai à copier les autres.

– L'orgueil t'écrase ! Le premier de la classe ne deviendra pas le premier de la messe. Quel manque d'humilité !

Je le concède, conscient de ma mesquinerie. Pour le principe, je proteste :

– Si l'on m'enlève mon orgueil, comment puis-je tenir debout ?

– Il s'agit de t'agenouiller. Enfin, ne désires-tu pas recevoir l'hostie ? Le corps du Christ ?

Cet argument met fin à ma délibération. Avec l'impatience d'un assoiffé qui languit après la pluie, je cours, saute une volée de marches et m'introduis dans la chapelle où la liturgie a débuté. Je me glisse au dernier rang, sur le côté, de façon discrète, espérant qu'on ne ricanera pas de mes deux rôles piteux, singe pour accomplir les gestes, poisson rouge pour prononcer les hymnes et les Ave Maria. Quel soulagement, quelques instants plus tard, d'entendre le père Henri demander aux autres de m'accueillir. Tous se tournent vers moi et me sourient. J'incline la tête, confus, et tremble en songeant que j'ai failli les fuir.

Les minutes s'égrènent, les chants se succèdent, mon malaise subsiste. Continuellement en retard sur ce qui se passe, se dit, s'entonne, je barbote dans l'inconfort qui m'a découragé l'unique fois où je me suis risqué à un cours d'aérobic : essoufflé, décalé, à la traîne. Chaque seconde prouve ma balourdise. Oraisons et rites ne m'apportent rien, sinon de la gêne.

Je me concentre au moment de la communion. Quand arrive mon tour, je reçois du prêtre en même temps que l'hostie un regard indulgent, affectueux, qui me bouleverse. Mon cœur s'affole en regagnant le banc. Comme j'étais encombré de moi-même ! L'hostie fond sous ma langue. Quel poids j'accorde parfois à mes moindres réticences, embarras, ratages ou préjugés ! Mes humeurs me pesaient. Au lieu de me vider, je demeurais plein de moi, de mon ego. L'hostie poursuit son chemin, pas seulement dans mon œsophage où elle descend mais dans mon âme où, à l'inverse, je sens qu'elle monte, me décentre, m'incite à l'abnégation, m'invite à de hautes exigences. Pourquoi consacrer mon énergie à me préserver plutôt qu'à m'ouvrir, à m'oublier, à me dévouer ? Beaucoup d'amour-propre et si peu d'amour… La cérémonie se termine. En mon corps j'ai ingéré celui du Christ, en mon esprit une part de son message.

Je sors lentement de la chapelle, attendri, moins dominant, fragile. Du bout des lèvres, je me promets que désormais j'assisterai aux vêpres : l'ancien Schmitt cédera sa place au nouveau. Du moins il essaiera.

Dans le réfectoire aux couleurs jaune citron et lait écrémé, je bavarde autour d'une table avec certains pèlerins. Le père Henri ne se montre plus aussi chaleureux qu'au moment où il me tendit l'hostie. Il m'observe, il me scrute, il me sonde. Je me prête à son examen : s'il ne décèle pas de trésors en moi, qu'il convienne au moins de ma bonne volonté.

Mes futurs camarades me fournissent qui un foulard émeraude manifestant l'appartenance au clan, qui de l'huile solaire, qui un chapeau, toutes choses dont j'avais omis de m'équiper.

En quittant sa chaise, le père Henri annonce un réveil à six heures du matin. Abasourdi, je le fais répéter, ce qui provoque un fou rire général, puis, sans m'attarder, je réintègre ma chambre, effaré à l'idée de me lever au point du jour. Mon téléphone ne capte rien, je me sens plus nu que nu au creux de ce nid austère. L'unique distraction possible réside en ce petit savon au jasmin qui patiente sur le lavabo. Je prends donc une douche.

Parviendrai-je à m'endormir si tôt, moi qui ai pour habitude de veiller au-delà de minuit ?

*

Dormir est un rêve qui n'a pas de présent. On remarque le sommeil au moment où on le perd.

À trois reprises durant la nuit, je me suis réveillé par terre. Mon lit étroit comme un banc exclut tout mouvement : dès que j'ai roulé d'une épaule sur l'autre, je me suis retrouvé collé au carrelage froid. Chaque fois j'ai ri, tant la scène me semblait cocasse. Ce gros bonhomme rejeté par cette maigre couche…

Pourtant, je peux l'affirmer, j'ai fort bien dormi.

*

Éblouis, mes yeux rencontrent au lac de Tibériade un paysage intact. La belle nappe d'eau, les roseaux, l'azur ont échappé à l'assaut des millénaires ; le temps s'est aboli ; me traversent des sensations que j'imagine contemporaines à celles des apôtres.

Les glaciers alimentant le Jourdain ont fondu pendant l'été au point de faire monter le lac qui, près des rivages, semble échevelé : de l'onde jaillissent des touffes d'herbes ébouriffées, des mèches de joncs, des bouclettes de feuillages ; ça frisotte et ça broussaille ; des arbres aux racines immergées dans les flots s'apparentent à des vieilles dames en villégiature qui hésitent à se baigner.

Sous le ciel d'un bleu intense, le lointain, ni flou ni évanescent, n'est pas avalé par l'horizon. Il se présente à nous et nous embrasse chaleureusement de ses bras montagneux. Cette nature clémente me ramène à l'époque de Jésus et me rend le goût d'une existence champêtre, pastorale, rythmée par des expéditions en bateau. En revanche, mon extase est brisée dès que mes yeux rencontrent les bâtiments, particulièrement celui qui fut construit autour du rocher de l'apôtre Simon Pierre.

Sur ce bloc de granit s'est déroulé un épisode important que j'ai fréquemment médité.

Quelques jours plus tôt, Jésus a été exécuté. Les disciples déçus, désespérés, convaincus d'avoir placé leur confiance en un imposteur, ont fui Jérusalem et rejoint leur Galilée. Amère désillusion... Simon Pierre, Thomas, Jean et d'anciens adeptes reprennent leurs activités au lac. Adieu les rêves de prêche, retour à la pêche ! Ces mois passés auprès de Jésus leur ont fait perdre leur habileté, ils n'attrapent aucun poisson. À l'aube, une silhouette apparaît sur la berge et leur lance :

– Les enfants, vous n'avez rien à manger ?

Ils grognent. La silhouette insiste :

– Jetez le filet à droite de la barque, vous en trouverez.

Cet inconnu qui se tient à une centaine de mètres voit-il mieux les bancs de poissons qu'eux ? Ils écoutent son conseil et le filet s'alourdit, au point qu'ils peinent à le remonter. L'un d'eux, qui a détaillé la silhouette avec plus d'attention, s'écrie :

– C'est le Seigneur.

Sans réfléchir davantage, Simon Pierre enfile un pagne, plonge, nage à toute vitesse et s'agenouille devant Jésus ressuscité. Celui-ci a préparé un tapis de braises.

– Venez manger, ce foyer n'attend plus que vos poissons.

Il distribue le pain. Les disciples l'encerclent, muets, stupéfaits, galvanisés.

À l'issue du déjeuner, Jésus prend Simon Pierre à part. Il lui demande :

– M'aimes-tu ?

Aussitôt, Simon Pierre l'en assure, mais Jésus renouvelle sa question et répète à deux reprises :

– M'aimes-tu ?

Je ne connais rien de plus sage, de plus efficace que cette réitération. Poser trois fois la même question la rend plus questionnante, conduit à ne pas se contenter d'une réplique anodine. Souvent la première réponse ne vise qu'à supprimer l'interrogatoire, la deuxième apporte plus de sincérité quoique d'une manière convenue, alors que la troisième s'avère totalement pleine et authentique. Je l'ai beaucoup pratiquée, cette triple interrogation, dans ma vie privée et professionnelle. L'insistance joue comme une foreuse qui perce profond, extrayant à la fin quelque chose d'unique et de vrai.

Ainsi Jésus, éclaboussé par l'amour absolu de Simon Pierre, conclut :

– Deviens le berger de mes brebis.

Et il lui confie ses ouailles.

Je m'approche du rocher où cet échange se passa. Une chapelle des années 1930 en pierre grise l'encadre et une gravure le nomme *Mensa Christi*, la table du Christ. À l'intérieur, je me vautre sur l'une des rares chaises, j'examine l'architecture. Vilaine, sommaire, au lieu d'exalter cette histoire, l'église de la Primauté de

Pierre empêche de la visualiser ; en coupant ce promontoire de la plaine liquide, en l'isolant de la colline verdoyante, en le rapetissant dans un univers lisse, symétrique, délimité, elle l'enlaidit, l'aplatit, le dénature, en fait un gros caillou insignifiant. Mieux aurait valu le conserver au cœur de son site, qu'on aurait de la sorte préservé. Le panorama me paraît plus sacré que le seul accessoire minéral. Décidément, le christianisme a manqué de bons metteurs en scène. Quant au fétichisme, il a détruit la vigueur des fables.

En me renseignant, j'apprends que cette église succède à d'autres qui, à partir du IVe siècle, ont été érigées puis rasées selon les aléas de la politique. Quelle malchance ! Dommage que je n'arrive pas juste après l'une de ces démolitions.

Le père Henri a prévu une messe au bord du lac. En consultant ma montre, je constate qu'effectivement je n'ai pas suivi d'office depuis au moins douze heures… Mes yeux se lèvent au ciel, sûrs d'y apercevoir le sourire moqueur de mes parents me surprenant dans cette situation.

Nous nous installons au milieu du kiosque, parmi les palmiers dattiers et les oiseaux siffleurs, avec une vue sur les rives et l'infini. Derrière nous, un kiosque similaire accueille une cérémonie italienne. Avant que la nôtre commence, j'y prête l'oreille et juge que les Évangiles gagnent en tonicité, en prestesse, en jarret, à être prononcés en italien, comme si Virgile, accompagné de Dante, les avait récrits en y glissant une poésie pure, agreste, musclée ; et quand les fidèles entonnent un hymne, je maudis notre langue française, discrète, feutrée, introvertie, dont les nasales empêchent le chant d'éclater ainsi que dans les gosiers transalpins.

Placé au fond, je n'améliore pas mes performances en Ave Maria ou en Gloria et profite de ma position pour observer mes compagnons de voyage. Plusieurs rangs devant moi, un couple m'émeut. Lui, handicapé par une hémorragie cérébrale, souffre de problèmes d'équilibre et s'appuie sur une canne ; elle, en pleine forme, ne pense qu'à lui, respire à l'unisson de son homme, aussi maternelle qu'amoureuse. Dès que le prêtre ordonne de se lever, lui se redresse volontairement, bravement, en y mettant toute sa vigueur, le visage déchiré par des grimaces d'effort, tandis qu'elle plaque sa main au creux de ses reins afin de l'aider à se stabiliser. Ils ignorent que je les espionne. Levers et asseoiements s'enchaînent. Les époux obtempèrent. Je ne sais ce qui me bouleverse le plus, son courage à lui d'assister au service religieux, son soutien à elle pour qu'il y parvienne. À eux deux, ce couple magnifique illustre à la perfection le message que transmet la liturgie.

Augustin, un jeune homme de vingt-huit ans, se place près de l'autel et narre son chemin vers la foi. Ses iris aigue-marine s'embuent au long de ce récit intime : élevé dans le catholicisme, il s'en écarte à l'adolescence, adopte tous les signes de la réussite qu'on propose à sa génération – les vêtements, les marques, les gadgets numériques, l'individualisme libertaire –, imite les copains qu'il fréquente, boit trop, fume un peu, puis, amoureux, s'essaie à fonder une famille ; hélas, sa fiancée l'abandonne et il tombe dans la dépression. Un ami musulman lui parle alors de la foi ; loin de vouloir le convertir à l'islam, il tente de le raccorder à son christianisme natif, ce qu'Augustin fait en découvrant la communauté du père Henri à La Réunion. Depuis, il se reconstruit. À ses tremblements, ses sourires mal défroissés, sa joie intermittente, je devine qu'il reste fragile. Son témoignage me pénètre, d'autant qu'il n'emploie que des mots justes, éprouvés, ressentis, aucun de ces termes à la mode empruntés aux magazines de développement personnel ou aux psychothérapies express avec lesquels nos contemporains se racontent.

Au moment de l'eucharistie, une pensée me visite : « Je reçois la même hostie qu'Augustin, j'absorbe l'hostie de mes amis. » Quelle idée saugrenue ! Elle va trop vite, ces gens-là ne sont pas encore mes amis.

Lorsque la messe s'achève, je regrette que ce soit fini. Elle m'a plu, cette célébration en plein air ; sans décorum, sans orgues, sans murs et sans fermetures, elle s'est révélée simple, improvisée, donnant la place à l'humain avant le divin. Je ne me suis pas plus senti contraint à la suivre que la mésange fouineuse qui occupait le bout de mon banc.

Nous reprenons le car. Le front collé à la vitre, je m'étonne que les alentours du lac de Tibériade, canopée verte, souple, profuse, constituée de citronniers, d'orangers, de figuiers, où percent les houppes des palmiers, soient épargnés par la fièvre bâtisseuse que je diagnostique ailleurs. On m'apprend qu'une vaste part du rivage appartient à des congrégations chrétiennes, lesquelles, quoiqu'elles édifient des couvents et des chapelles, tiennent à préserver la contrée d'antan.

– Nous voici à Capharnaüm !

Capharnaüm, mot inquiétant pour un Français... Il a pris dans notre langue un sens négatif, celui d'un endroit encombré, un bric-à-brac d'objets jetés en désordre. Durant mon enfance, j'entendis souvent ce reproche quand mes parents passaient le seuil de ma chambre : « Qu'est-ce que c'est que ce capharnaüm ? » s'exclamaient-ils. Craignant leur colère mais doté de l'oreille musicale, je savourais le jeu des allitérations, ces carillons de *k* et de *s* qui tintinnabulaient tout au long de la phrase.

Les archéologues ont-ils voulu combler mon attente ? Capharnaüm est un vrai bazar d'antiquités. Exposés en plein air, les vestiges hébreux cohabitent avec les grecs, les romains, les byzantins ; ce ne sont que colonnes, stèles, tombes, sarcophages, murets, beaucoup d'allées croisant autant de ruelles, des pans de synagogues, des tronçons de portiques, des bouts de propylées, des restes de narthex. Ici, le minéral sculpté rivalise de profusion avec le végétal, je sillonne une jungle de ruines.

Capharnaüm demeure, après Jérusalem, la ville la plus citée dans les Évangiles ; elle correspond au changement radical qu'opère Jésus dans sa vie. S'il coule une enfance rêveuse à Nazareth, il inaugure sa mission à Capharnaüm. Que s'est-il passé ? Quel événement a métamorphosé la chrysalide en papillon ?

Sa rencontre avec Jean le Plongeur. Cet ermite vit au cœur du désert en alternant jeûnes et festins de sauterelles ou de miel sauvage. De temps en temps, Jean apparaît sur les rives du Jourdain, où il prophétise et pratique le baptême de repentance, rite qui consiste à plonger le pécheur dans l'eau afin de purifier son corps, son âme. Il se rattache à la famille de Jésus – leurs mères sont cousines – et, depuis toujours, il annonce l'irruption proche de Dieu sur terre.

Lorsque Jésus se rend au bord du fleuve, Jean le reconnaît, non seulement comme étant son cousin, mais comme celui dont il proclame le règne à venir. Il le déclare à voix forte devant témoins. Bouleversé que Jean le Plongeur l'ait révélé à lui-même, Jésus s'enfuit dans le désert. Après quarante jours de solitude, il en ressort transformé : désormais, il parle ; désormais, il énonce les volontés de Dieu ; désormais, il endosse son rôle. Pour l'instant, lorsque les badauds lui demandent s'il est le Fils de Dieu, il répond, aussi précautionneux qu'astucieux : « C'est toi qui l'as dit » ; il n'assumera sa messianité et n'acquiescera – « Oui, je suis celui-là » – que peu de temps avant sa crucifixion.

Au moment où Jésus commence à prêcher, Jean est arrêté, incarcéré à la forteresse de Machéronte. Il gêne trop, on parle de lui, ses disciples se multiplient, il a critiqué le mariage du tétrarque de Galilée, Hérode Antipas, avec Hérodiade, il a minoré le rayonnement du Temple, il a offensé le haut clergé de Jérusalem en administrant lui-même la rémission des fautes par l'immersion. À la suite de nombreuses pressions, on l'exécute.

Après la décapitation de Jean, Jésus quitte définitivement Nazareth. Il s'installe à Capharnaüm et entame une nouvelle phase de son existence, celle de son ministère public. La mort de son cousin le Plongeur l'a ébranlé, tout en lui faisant prendre conscience de l'urgence : pas de temps à gaspiller, il faut dès à présent répandre la parole de Dieu. Pressé, Jésus enseigne à la synagogue et recrute ses disciples dans les environs, les pêcheurs André, Jean, Jacques, Simon Pierre, ainsi qu'un percepteur d'impôts, Matthieu. Il délivre un homme possédé, guérit de ses fièvres la belle-mère de Simon Pierre, redonne le mouvement à un paralysé. Les Évangiles appellent Capharnaüm « sa ville ».

Fureteur, je me promène dans cette cité juive, fouillis d'histoires que je parviens à reconstituer partiellement à l'aide des ruines et de mon imagination.

À l'issue d'un déjeuner qui nous permet de déguster le poisson de saint Pierre, nous allons au mont des Béatitudes.

Le soleil nous écrase. Il fait chaud à ne plus battre un cil. Je m'applique à me mouvoir avec la légèreté de mon ombre, en économisant mon souffle. Émettre trois mots relève de la performance athlétique. Selon la tradition, Jésus aurait prononcé ici son Sermon sur la Montagne ; je ne l'en admire que davantage ; moi, abattu par la canicule, je ne serais même pas parvenu à l'écouter.

Nous voici enfin devant l'élégante église des Béatitudes, dessinée par le génial architecte Antonio Barluzzi selon un plan octogonal qui rappelle les huit Béatitudes. Je m'y serais bien réfugié en vue d'abaisser ma température corporelle, mais, hélas, un office l'occupe. Des Italiens, évidemment…

Je m'isole avec ce carnet de notes, élisant un coin frais du parc qui domine le lac endormi. Les fleurs m'environnent, chrysanthèmes orange ou canari, delphiniums carmin autour desquels bourdonnent les abeilles, asters mauves au cœur jaune épanouis telles des étoiles. Se dévoile un aspect négligé du christianisme, l'amour de la nature, la dette envers sa beauté, l'appétit du bonheur.

Immédiatement, je me sens relié à l'Ombrie, aux paysages suaves dans lesquels a grandi François d'Assise, qui en a célébré toutes les créatures vivantes. Au milieu des bougainvilliers exubérants aux teintes fuchsia ou pourpres, je ne perçois plus le christianisme triste, tragique, baume des misères, justificateur des souffrances, ce christianisme d'Europe du Nord, ce christianisme des églises froides, sombres, humides, ce christianisme morbide qui méprise les corps et les menace du châtiment. Tout au contraire, il expose sa face riante, orientale.

Le texte des Béatitudes me semble sourdre des gazons et des buissons tant il exalte le bonheur. « Heureux les humbles, heureux les doux, heureux les sensibles, heureux les assoiffés de justice, heureux les apitoyés, heureux les cœurs sans taches, heureux les artisans de la paix, heureux les persécutés pour la justice », ils recevront la félicité au Royaume des Cieux. « Heureux vous tous, à chaque fois insultés, pourchassés, tourmentés à cause de moi. Ayez la joie, bondissez d'allégresse. » Qu'il a raison, Jésus, d'évoquer le Paradis au sein de ce jardin paradisiaque ! Même l'esprit le plus sec et borné peut l'entendre.

J'aime que dans cet enseignement, l'un de ses premiers, il parle de bonheur. Attention cependant à ne pas se méprendre – ce que je fis longtemps. J'ai d'abord cru que Jésus trompait les malheureux par de belles promesses, leur annonçant la venue de lendemains meilleurs dans l'au-delà pour compenser leur aujourd'hui calamiteux. Cela me scandalisait. Jésus proposait arbitrairement une consolation future pour les souffrances du moment ? Trop facile ! Quelle parole vide de sens ! L'opium servi au peuple !

Or un jour j'ai compris qu'il ne s'agissait pas d'une promesse, mais d'une constatation. Le bonheur se trouve actuellement chez ceux qui pratiquent les vertus énumérées, humilité, douceur, sensibilité, probité, compassion, pureté, pacifisme, rébellion. Jésus les encourage à les repérer et à en éprouver plus de satisfaction. Son message pourrait se formuler en ces mots : « Heureux, vous l'êtes déjà. Vous l'êtes à votre insu. Prenez-en conscience, puisez-y de la force, et de la sorte engendrez votre avenir. Vous méritez ce bonheur au présent comme au futur. Le Royaume de Dieu appartient à ceux qui se comportent ainsi. » Désirer que le règne de Dieu vienne, c'est être habité par Dieu avant d'aller habiter chez lui.

Résonne là un appel à la sainteté. Se dessine un chemin qui consiste à œuvrer pour la paix, la justice, la solidarité.

Nous rentrons à Nazareth. Dans le bus, remâchant la page de Matthieu sur les Béatitudes, je me remémore la parodie qu'avait rédigée un anarchiste italien, Sante

Ferrini, dont l'existence rocambolesque se prêterait merveilleusement à la réalisation d'un film.

Heureux les forts, car ils posséderont la terre !

Heureux ceux qui ont le cœur dur, car ils riront des malheurs d'autrui et ne pleureront jamais !

Heureux les violents, car ils seront respectés des timorés !

Heureux les injustes, car ils auront leurs biens et ceux des autres !

Heureux les mauvais, car ils se feront pardonner par la force !

Heureux ceux qui ont l'âme impure et malveillante, car ils jouiront des turpitudes humaines !

Heureux ceux qui possèdent, car ils n'ont pas besoin de miséricorde !

Heureux les incrédules, car ils ne seront pas trompés ! Amen !

Au début du XXe siècle, ce révolutionnaire qui détestait le clergé mais adorait les Évangiles nous a livré, à quelques détails près, un doublet parfait de l'original, aussi pertinent que clairvoyant sur le genre humain.

Notre guide m'informe que ce domaine, le mont des Béatitudes, avait failli être acheté par Charles de Foucauld. Je frémis. Quoi ? Lui ? Toujours lui ?

Encore ? À cet homme je dois tout. Ne m'aurait-on pas commandé l'écriture d'un scénario sur sa vie, jamais je n'aurais débarqué à Tamanrasset, jamais je n'aurais arpenté le Hoggar pour gagner son ermitage, jamais je ne me serais perdu dans le Sahara, jamais je n'aurais connu de nuit mystique…

La guide me précise que, le gouverneur ottoman ayant opposé un refus catégorique à son projet, il avait dû l'abandonner. Les sœurs franciscaines obtinrent cette terre des années après.

Charles de Foucauld… Justement, personne ici ne le sait : j'ai rendez-vous avec lui tout à l'heure.

*

Clandestin. J'ai tout accompli en douce. À pas feutrés.

Comme un voleur, je me suis faufilé dans l'enclave cernée de murs élevés.

En réalité, je n'avais plus le choix. Les démarches officielles que j'avais tentées avaient échoué les unes après les autres : au cours de la journée, on n'avait pas répondu à mes appels téléphoniques et, au crépuscule, le silence persista quand je sonnai à l'interphone.

J'ai observé le boulevard autour de moi. C'était l'heure entre chien et loup où le monde prend un aspect d'aquarium, les teintes virent au bleu, une atmosphère épaisse, proche de l'eau, isole les corps. Seules exceptions, les magasins qui se doraient. L'activité décroissait, les voitures s'arrêtaient devant les restaurants pour récupérer des plats préparés, la cité s'apprêtait à digérer et à dormir. Soudain, à ma droite, le dérapage criard d'une mobylette au carrefour a hérissé mes poils et raffermi ma détermination. Hors de question ! Je ne rebrousserais pas chemin. Impossible de passer à Nazareth sans lui rendre visite.

Lorsque je me suis remis face à la porte pour tambouriner contre elle, j'ai vu qu'elle avait changé d'aspect. Un léger entrebâillement signalait qu'elle n'était pas fermée. Ne l'avais-je pas remarqué auparavant ? Ou bien quelqu'un à l'intérieur avait-il déclenché l'ouverture ? Cela se déroulait comme dans mes rêves, où lieux et objets se révèlent instables.

J'ai poussé délicatement le battant. Personne derrière. Personne au centre de l'allée ni sous les frondaisons. Alors je pénétrai dans ce jardin, ou plutôt il me happa ; je le suivais, je lui obéissais, son énergie guidait mes pas. Subitement lointains, les bruits de la ville s'étaient amortis ; ne subsistaient que les gazouillis des oiseaux accompagnant le muezzin qui bourdonnait au loin.

Une grande paix. De l'harmonie. De l'unité.

Il était donc là. Il m'attendait. Il m'enveloppait.

Je m'assis sur un banc, le cœur battant, transi par une reconnaissance qui embrumait mes pupilles.

Je lui dois tant. Sans lui, je ne me serais pas aventuré vers Dieu, je n'aurais pas trouvé la lumière au milieu des ténèbres, je ne croirais pas.

J'aspirais à venir dans sa closerie pour le lui dire, lui exprimer ma gratitude et, peut-être, m'approcher de lui. Voilà, je me présentais à lui.

Charles de Foucauld séjourna deux fois à Nazareth, une première brièvement, après sa conversion, une seconde longuement, avant de rejoindre l'Afrique. Il pressentit qu'il lui fallait occuper la dernière place, non seulement parce que nul ne la lui ravirait, mais parce qu'elle s'inscrivait dans les pas de Jésus au moment où il habitait Nazareth. Ainsi devint-il le factotum des sœurs clarisses, assurant de menues tâches de jardinage, binant le potager plein de melons, de poireaux, de haricots et de concombres, fabriquant de minuscules souvenirs pour les pèlerins qui commençaient à affluer en Terre sainte. L'aristocrate brillant, instruit, officier, mondain, s'obligea à vivre du travail de ses mains, ignoré de tous, pauvre, à l'instar de Jésus. « L'imitation est inséparable de l'amour, quiconque aime veut imiter : c'est le secret de ma vie. » L'abaissement lui parut un devoir. Il y arriva durant les trois années qu'il logea en cet asile, dormant peu, priant beaucoup, marchant énormément et besognant sans cesse. Il en tira la conclusion qu'il ne prêcherait pas, qu'il incarnerait plutôt le Jésus d'ici, le Jésus de Nazareth, le Jésus d'avant Jean le Plongeur et le lac de Tibériade, le Jésus obscur, silencieux, dont les Évangiles ne rapportent quasiment rien. Selon sa conception, aussi neuve qu'originale, l'apostolat exigeait mutité et discrétion. Une fois qu'il eut réalisé ce vœu dans la localité originelle, cette Galilée bien-aimée, il comprit qu'il ne s'y limiterait pas, il exporterait cette « vie de Nazareth » ailleurs, « parmi les âmes les plus malades, les brebis les plus délaissées ». Il partit au Maghreb et s'établit chez les Touaregs, « marabout blanc » du Hoggar, ne cherchant à convertir personne, témoignant du Christ par sa façon d'exister.

Autour de moi, tout racontait encore cette période consacrée à l'adoration, au service des autres. Pas d'architecture monumentale ou prétentieuse. Une cahute. Quelques cellules au rez-de-jardin qui s'apparentaient à des étables.

J'ai déambulé, enivré par cette simplicité rustique, puis j'ai gagné la chapelle où se terminait un office. Ne s'y tenaient que quatre personnes, dont le prêtre, mais cela la remplissait. La pièce voûtée, immaculée, badigeonnée de chaux crayeuse, pouvait-elle contenir plus ? Je m'y glissai néanmoins en me collant contre une paroi. On me sourit furtivement. J'esquissai le même sourire rapide. Cela suffisait.

Je contemplai cette chapelle minimaliste. Elle

m'impressionnait plus que les cathédrales géantes. Au lieu de la richesse du Seigneur, elle manifestait la pureté de l'âme. Son dénuement correspondait à la vraie chair de la foi.

Quand la cérémonie s'acheva, la joie se lisait sur les visages. Une discussion débuta en allemand. Je m'inclinai et m'échappai, évitant d'engager une conversation qui perturberait l'apaisement profond dans lequel je baignais.

Un siècle après sa mort, Charles de Foucauld vient d'être déclaré saint par le Pape François. Pendant mon long épisode athée, rien ne me semblait plus ridicule que le crédit accordé par les fidèles aux individus canonisés par l'Église : qu'on reconnaisse leurs qualités exceptionnelles, leur piété, leur moralité, leur dévouement voire leur martyre ne me dérangeait pas, mais qu'on s'adresse à ces morts, qu'on les sollicite, qu'on leur demande d'intervenir, cela relevait de la bimbeloterie fétichiste. Prier Dieu, d'accord, pas prier les saints ! Puis Charles de Foucauld entra dans ma vie sous la forme d'un appel téléphonique au cours duquel un metteur en scène me proposa d'écrire un scénario consacré à son destin, ce qui entraîna un voyage en Afrique que nous entreprîmes, le réalisateur et moi. La suite, je l'ai narrée, fut ma nuit mystique dans le Sahara, ma rencontre avec Dieu. Lorsque j'atteignis l'Assekrem, son modeste ermitage d'été sur les hauts plateaux du Hoggar où les

Touaregs et leurs troupeaux se réfugient durant les fortes chaleurs, j'étais transformé. Sa prière d'abandon que j'avais déchiffrée six mois auparavant avec une curiosité strictement intellectuelle devenait mon chant intime.

Je me répétais ses mots dans l'allée qu'il avait ratissée, au milieu de ces fruitiers qu'il avait entretenus, parmi ces passereaux dont il avait nourri les ancêtres : « Mon Père, je m'abandonne à toi, fais de moi ce qu'il te plaira. Quoi que tu fasses de moi, je te remercie. Je suis prêt à tout, j'accepte tout. Pourvu que ta volonté se fasse en moi, en toutes tes créatures, je ne désire rien d'autre, mon Dieu. Je remets mon âme entre tes mains. Je te la donne, mon Dieu, avec tout l'amour de mon cœur parce que je t'aime et que ce m'est un besoin d'amour de me donner, de me remettre entre tes mains sans mesure, avec une infinie confiance, car tu es mon Père. »

Ma nuque se brisa sous le poids de cette soumission. Je ne parviendrais jamais à cette hauteur. C'est-à-dire aussi bas.

Je compris alors la fonction du saint : intercesseur. Charles de Foucauld avait été mon guide, il le restait. Par lui et grâce à lui, j'essayais d'aborder ce qui me dépasse. Et brusquement, dans cette parcelle sereine au sein d'une agglomération turbulente, je me sentis davantage frère de ces millions d'hommes et de femmes qui, au fil des siècles, avaient vénéré les saints et s'étaient liés à l'un d'eux.

Je rebroussai chemin. En tirant la porte qui menait au boulevard, je me tournai, inspirai l'air mauve où s'éteignaient les ultimes symphonies d'oiseaux et caressai du regard l'honnête jardin, sa cabane d'ouvrier : voilà le modèle d'existence que je chérissais et dont je m'estimais incapable. En même temps que j'appréhendais mes limites, je distinguais leur au-delà.

Les saints brandissent un flambeau paradoxal : ils nous éclairent et nous rendent misérables. En nous indiquant la voie, ils nous montrent également à quel point nous n'avons guère avancé.

Leur gloire fait notre honte. Nous avons besoin d'eux.

*

Sans prévenir quiconque, moi qui, le jour de notre arrivée, rechignais à me lever tôt, je m'éveille à cinq heures trente. Le couvent des Sœurs se situant près de la fameuse grotte où Marie reçut la visite de l'ange, je me glisse dans la rue pâle, sous le ciel froissé qui entame une lente toilette.

Cent mètres au-dessous se dresse la colossale et blanche basilique de l'Annonciation, la plus gigantesque du Moyen-Orient. Édifiée vers 1960, elle succède à une église franciscaine du XVIIIe, laquelle remplaçait une cathédrale croisée du XIIe siècle, laquelle relayait une chapelle byzantine du Ve siècle, laquelle se substituait à une synagogue. Comme quoi, les mauvaises habitudes datent… Je soupire en m'approchant : encore un monument construit sur un site ancien et qui, supposé le protéger, le défigure, sinon le détruit ! Pourquoi les architectes au service de la Bible n'ont-ils pas inventé l'équivalent de la cloche à fromage ? Un dôme en verre amovible qui n'occulterait ni n'éliminerait ce qu'il est censé conserver…

Au fronton, une citation étale l'ampleur de l'événement : « Et le Verbe s'est fait chair et il a habité parmi nous. » Voici donc le lieu de l'incompréhensible. Il commémore l'Incarnation. Ai-je vraiment besoin d'y entrer ? Qu'apprendrai-je de plus ?

D'emblée, je me détourne des figurations de Marie en bas-relief sur la façade. L'incompréhensible, on ne l'appréhende pas avec les yeux, seulement avec l'esprit. Aucune image n'exprimera autant que les mots de Jean inscrits là. Malgré la réussite artistique des peintres, des mosaïstes et des sculpteurs qui, dans le monde entier, matérialisent une Marie ravissante et un bel ange Gabriel, en dépit de leurs chefs-d'œuvre, ils demeurent en surface ; illustrant le mystère davantage qu'ils ne le rendent perceptible, ils le banalisent au moyen de représentations ingénues qui lui ôtent toute densité – quand elles ne le suppriment pas.

La faute en l'occurrence remonte à Luc, le seul des quatre évangélistes à avoir élaboré un récit de l'Annonciation. Selon lui, l'ange Gabriel rend visite à une vierge promise au charpentier Joseph à Nazareth, en Galilée. Il la salue d'un « Réjouis-toi ! » et lui révèle qu'elle portera un enfant, Jésus, lequel deviendra un roi messianique. Marie, n'ayant jamais étreint un homme, s'en étonne. L'ange précise que l'Esprit-Saint viendra sur elle et la puissance du Très-Haut la prendra sous son ombre. Rien n'est impossible à Dieu. Elle consent.

Les trois autres rédacteurs des Évangiles ne relatèrent rien de tel. Matthieu décrivit une visite de l'ange, mais elle s'adressait à Joseph : l'ange lui souffle à l'oreille de ne pas répudier Marie enceinte. Marc et Jean ne s'encombrèrent pas de préambule, ils se contentèrent d'affirmer l'Incarnation. Oh, à n'en pas douter, ils avaient surpris Luc en train de fasciner les gens avec son anecdote, cependant eux avaient décidé de ne pas la reproduire. Loin d'avoir oublié le récit de l'Annonciation, ils l'avaient sciemment évacué.

Luc avait voulu trop bien faire.

D'abord, il avait recyclé l'ange Gabriel, lequel avait beaucoup travaillé comme messager de Dieu dans le Livre de Daniel ; à l'aide de l'archange, Luc avait repris les codes du légendaire, lié Jésus à la tradition biblique, inscrit le présent dans la continuité de la doctrine juive. Habile mais un peu forcé, peut-être ?

Ensuite et surtout, Luc avait cédé à la dangereuse tentation d'expliquer. Or un mystère ne s'explique pas : il s'énonce, s'offre à la contemplation, donne à penser, à sentir, à croire.

Enfin, Luc avait favorisé le surnaturel aux dépens du divin, et, par là, dévoyé le mystère en le transformant en nœud d'énigmes. Il nous a conduits sur des pistes dépourvues d'intérêt spirituel : l'ange, la vierge, la messianité proclamée… Dès que l'on emprunte les directions indiquées par Luc, on s'enlise en des débats qui ont discrédité le christianisme. Que sont les anges, ces êtres qui apparurent à un moment de l'histoire des Hébreux, collaborèrent encore au temps de Mahomet, puis disparurent ? Une vierge peut-elle accoucher d'un enfant de chair en l'absence de semence humaine ? Un destin de Messie était-il attribué clairement à ce fils, connu aussitôt de sa mère, donc de lui ? Ce dernier point m'incommode, car il est sans cesse contredit par le reste des Évangiles qui nous dévoile une prise de conscience graduée. Si j'écoute Luc, je saisis mal pour quelle raison Jésus garda si longtemps le silence à Nazareth, ne prêcha qu'après avoir été désigné par Jean Baptiste, entra progressivement dans son rôle, peina parfois à l'assumer, voire en douta jusque sur la Croix, où il s'écria : « Mon Dieu, pourquoi m'as-tu abandonné ? » J'ai d'ailleurs consacré un roman à cette question, *L'Évangile selon Pilate*, où, sans prétendre exposer la vérité au sein d'une fiction, j'ai brossé les paliers que franchit peu à peu Jésus.

Je me méfie de la grotte autour de laquelle le bâtiment fut érigé ; je sais que son attribution est discutée, sinon litigieuse, puisque nous nous sommes arrêtés la veille à la fontaine de Marie sur la route de Tibériade, endroit que les chrétiens orthodoxes ont préféré à celui-ci pour localiser la même séquence.

Je pénètre dans la basilique aux harmonieux volumes bétonnés et me referme comme une coquille. Trop de Luc ! Pas assez de Jean... Je n'aime guère ces tableaux venus de divers pays, encore moins l'immense mosaïque de la nef. Pire, ils me rebutent. Comment accorder du crédit à cette scène ? Dans quel but peindre une créature de sexe indéterminé en suspension au-dessus d'une adolescente ? Par réflexe, je baisse les paupières. Quand je les rouvre, je ne détaille pas ce qui m'entoure, j'aspire à palper l'impalpable, à mesurer l'immensurable.

Une messe en italien a commencé. Il est six heures trente. Elle se déroule au creux d'un cirque sous le niveau où nous évoluons, comme dans une église inférieure ; des rambardes en fer forgé l'encerclent, tel un balcon d'opéra, le long desquelles s'alignent les chaises des fidèles ; se tenant au centre d'un sol en marbre rouge cardinal, le prêtre officie sur un autel de pierre épuré, flanqué de colonnes fragmentaires qui encadrent l'entrée de la fameuse grotte. Complété au plafond par une architecture en écho, l'ensemble comporte un caractère théâtral qui me séduit. Je me recroqueville au bord d'une marche et suis la cérémonie. Célébrer l'Annonciation, je le souhaite peu ; en revanche, célébrer l'Incarnation, ce mystère essentiel et supérieur, je le désire.

Comme hier, le phrasé musical de l'italien rafraîchit la liturgie, reverdit les Évangiles, vitalise les prières. En redonnant l'élan d'une « première fois » à ce qu'il verse dans mes oreilles, il enlève la poussière qu'a déposée notre français au cours des siècles. Le bénéfice ne vient pas tant de l'italien que de la transposition en une autre langue, laquelle me permet d'entendre ce que je n'entendais plus. La traduction lave tout. Je ne décèle pas un sens nouveau, je décèle de nouveau le sens. Voilà pourquoi il me paraît utile d'écrire constamment des versions neuves de la Bible, en particulier des Évangiles. À force d'être répétés, marmonnés, remâchés, les versets deviennent inintelligibles car raides, secs, éculés, figés en clichés qui ne parlent plus à personne.

Une voix stridente déchire la quiétude des lieux, une voix qui crisse davantage qu'elle ne vibre. Aussi puissante que dissociée des autres, elle s'élance à la moindre occasion, de chants en répons. Du fait de la réverbération, je mets plusieurs minutes à repérer son origine, une sœur noire de vingt ans aux rondeurs prononcées. Le son résonne si largement dans son nez que ses interventions tiennent du clairon ; la voix s'échappe, perce, domine, se réfracte sous les voûtes, grince tel un ongle sur les vitraux. Qu'aucune de ses compagnes attroupées autour d'elle ne la retienne ni ne l'incite à plus de discrétion me stupéfie. Quelle contrariété ! Ce timbre désagréable me déconcentre. Je dilapide mon attention à redouter son irruption puis à en souffrir. Me contraindra-t-elle à fuir ? Notre groupe m'attend au petit déjeuner.

Pourtant je reste, obsédé par la jeune femme tonitruante.

Je reste parce qu'elle me bouleverse. Inconsciente du volume qu'elle émet, elle se livre passionnément dans chaque mot. Jamais je n'ai perçu un « Amen » de cette force. Nulle réserve. Que de l'enthousiasme. Du coup, elle me rappelle ce que « Amen », ce terme hébreu, signifie : « Je trouve mon appui en ce qui vient d'être dit. » Quelques instants plus tard, sa prière à Marie acquiert des tripes, du ventre, du vagin, toute sa féminité se projette en même temps que son âme. Elle n'est que ferveur. Elle est la ferveur.

Désormais elle ne me gêne plus. Je l'admire, je l'adore. Grâce à elle, j'évalue ce qu'on doit investir de chair et de sentiments sous les sentences qui ne se formulent pas avec la bouche, mais avec le corps tout entier.

Je consulte ma montre. Vite ! mes camarades pèlerins vont s'inquiéter.

Je file…

Au sortir de la basilique de l'Annonciation, je songe que, contrairement à mes convictions préalables, j'ai bien rencontré un ange : africain, féminin, il s'appelle peut-être Gabrielle et il possède la voix la plus irrésistible, la plus étonnante, la plus sonore, la plus laide que j'aie jamais entendue.

Je me faufile parmi mes compagnons à l'instant où le car se met en route.

Nous nous dirigeons vers le mont Thabor.

À l'avant, près du chauffeur, Guila nous détaille le programme du jour.

Depuis l'avant-veille, je suis attiré par Guila, notre guide israélienne. Cette femme rayonne. Un marchand de pierres précieuses jalouserait ses iris gris-bleu ; à ce mélange de diamants et de turquoises montés sur des chatons en platine, ils ajoutent une lumière continue, celle d'une âme généreuse, bienveillante et tendre. Ses cheveux argentés, fournis, longs, rebelles, participent de cette profusion ; elle a beau les coiffer, tenter de les discipliner sous le nœud d'un élastique ou la griffe d'une pince, ils résistent et, sauvages, reprennent l'aura d'une fière crinière. Guila pratique l'hébreu, l'arabe et un français impeccable, rendu rocailleux par l'usage des deux précédents idiomes. Sa famille – dont on connaît des membres célèbres à Paris – vient du Maroc, son père ayant décidé de s'établir en Israël dans les années 1950, peu après la fondation de la République.

Comme beaucoup de gens, elle charrie plusieurs histoires, la sienne, celle de ses parents, et, bien au-delà, celle de ses aïeux. Histoires parfois heureuses, souvent pas, qui ne possèdent aucune homogénéité. Dans cette surabondance, il lui faudrait choisir, ainsi qu'on le demande à la plupart des humains, se simplifier afin de se présenter au monde avec une seule identité, mais elle s'y refuse. Elle est à la fois d'Israël et du Maroc, juive et de sensibilité arabe, athée et bouleversée par le christianisme. Sa formation d'archéologue lui apporte une distance vis-à-vis du présent autant que du passé : elle marche de plain-pied dans diverses couches temporelles, la Judée de David, celle de Jésus, celle des Romains, des Byzantins, des Ottomans, des sionistes. Cela ne facilite pas son rapport à l'actualité israélo-palestinienne, cette tragédie qui oppose différentes légitimités au sein d'un territoire, et sur laquelle je reviendrai.

Sitôt que j'ai aperçu Guila, j'ai eu l'intuition qu'elle me deviendrait proche. Les coups de foudre existent aussi en amitié. Reste à vérifier la réciprocité de celui-ci…

Pour l'heure, nous avançons vers le mont Thabor, et je consulte ma bible.

Le Thabor vise tantôt la terre, tantôt les cieux, politique dans l'Ancien Testament, théologique dans le Nouveau. Selon la Torah, les combats entre Hébreux et Cananéens s'y multiplièrent avant notre ère, entraînant la victoire des premiers qui gouvernèrent la région. Selon les chrétiens, une tradition y désigne le lieu où Jésus se transfigura : à sa cime, le Fils de Dieu rejoignit le firmament, accompagné de Moïse et d'Élie, laissant en bas trois apôtres, Simon Pierre, Jacques, Jean. Dans les cahots de la route qui nous conduit au Thabor, je médite sur l'esprit des lieux, sa symbolique, horizontale chez les juifs et verticale chez les chrétiens.

À mesure que nous en approchons, je m'amuse du tourisme biblique. Les Évangiles ne citent pas le Thabor, la « haute montagne » n'étant jamais localisée. Du coup, une autre tradition situe la Transfiguration sur le Hermon, éminence frontière entre la Syrie et le Liban. Dans les deux cas, ces reliefs frappent le regard : le Thabor surgit au milieu d'un environnement plat et son isolement le fait paraître plus élevé que les monts de Galilée, bien qu'il ne se hisse qu'à 588 mètres ; quant au Hermon, sa calotte de neige à 2 814 mètres d'altitude impressionne quiconque le contemple depuis les vallées.

À mon avis, le Hermon collectionne plus d'indices en sa faveur. Il répond adéquatement aux déplacements des disciples, il nécessite vraiment, ainsi que le signalent les Évangiles, une ascension sac au dos, un bivouac, le montage de trois tentes, à la différence du Thabor, simple montagne à vaches qui, de surcroît, abritait à son sommet une forteresse romaine où se tenait une garnison complète – drôle d'endroit pour une transfiguration, non ?

Dans les premiers siècles du christianisme, on ignore le Thabor. À partir de Cyrille de Jérusalem, en 348, on le soupçonne d'être le site de la Transfiguration, puis Jérôme de Stridon, un converti, traducteur des Évangiles en latin, envoyé par le Pape en Terre sainte, tranche officiellement à la fin du VIe. Cette localisation résulta d'un principe et d'une erreur. L'erreur ? Un déchiffrage erroné de Matthieu : on voulut lire que « Jésus prit ses disciples sur une montagne à l'écart », ce qui favorisait l'élection de ce relief isolé, alors qu'on pouvait lire : « Jésus prit ses disciples à l'écart sur une montagne. » Un principe ? L'esprit humain a horreur du vide, donc mieux valait un lieu plutôt qu'aucun pour la Transfiguration de Jésus – on remplit ainsi toutes les cases du pèlerinage.

Le car stoppe à mi-flanc, à hauteur d'une vue majestueuse. Le chauffeur recommande à ceux qui le désirent de terminer à pied ; il conduira au point culminant ceux qui peinent à se mouvoir. Je saute sur le goudron de la route ensoleillée et longe un paysage quadrillé de champs et de pâturages, qu'une fine vapeur pastellise, poudre d'irréalité puis efface à l'horizon.

Bienheureux Thabor ! Chaque siècle, les hommes recouvrent de monuments son plateau supérieur tandis que la nature tapisse ses pentes de chênes et de pistachiers. Peut-être Jésus y cherchait-il du bois avec son père, Joseph le menuisier ? Nazareth ne se trouve qu'à huit kilomètres... Mon imagination s'échauffe à cette idée et s'égaye à glisser furtivement leurs silhouettes dans le labyrinthe de la forêt.

Au bout de mon périple, à l'issue d'un sentier fleuri, je découvre la basilique franciscaine, aussi élégante qu'étroite, construite en 1919 sur le belvédère par ce cher Antonio Barluzzi, le talentueux architecte italien qui employa sa vie à embellir la Terre sainte en introduisant une touche de romanité. Cette fois, il avait emprunté des éléments au style romano-syriaque, celui qui prospérait à l'époque de Jérôme de Stridon, une référence astucieuse puisque ce dernier, traducteur, exégète, prêtre, canonisé après sa mort, conféra sa notoriété au mont Thabor. Deux tours jumelles flanquent la façade puis, à l'intérieur, deux nefs latérales encadrent la nef principale, ce qui en fait trois : comme Jésus entama son retour vers Dieu entouré de Moïse et d'Élie, le rythme ternaire orchestre l'ensemble, jusqu'aux figurations. À l'intérieur, dans un envol d'escaliers, une vibration de lumière, celle du ciel rehaussée par l'or des mosaïques, crée une ambiance dorée qui n'évoque pas la richesse à la manière européenne, mais le soleil originel, joyeux, bienfaisant. De nouveau, ce christianisme doté de palmiers et de paons qui déploient leurs plumages bleus met au jour les racines orientales de cette religion.

Quant à la Transfiguration, elle énonce une information terrible : Jésus s'en va. Il aurait pu, profitant de son immortalité, nous accompagner jusqu'aujourd'hui. Au lieu de cela, il a préféré venir puis nous quitter : ce qui subsiste, c'est son message. Arrangeons-nous avec cela.

Ce à quoi je m'essaie, comme des millions d'humains autour de moi, comme des milliards avant moi.

Et si difficilement…

Je réintègre le groupe. Dans un kiosque non loin de la basilique, le père Henri nous offre une messe revigorante. Quand l'un de nous déclame la page de Matthieu sur la Transfiguration, je réagis *in petto* avec scepticisme : les vêtements qui blanchissent, l'irruption de Moïse et d'Élie qui jouent les figurants sans prononcer un mot, la nuée subite, la voix de Dieu qui descend du ciel… Trop de spectaculaire, trop de fantastique, trop d'effets naïfs et puérils ! Alors le prêtre s'en empare, creuse le mystère de la théophanie, éclaire l'apparition et la disparition de Dieu. Cela me renvoie dans le Hoggar, au cours de ma nuit mystique, et le récit de Matthieu que j'avais méprisé quelques instants plus tôt gagne peu à peu en profondeur. En réalité, l'Évangile se prête à une interprétation constante. Il exige peu de la mémoire, beaucoup de l'intelligence. Il sollicite. On ne le respecte qu'en l'interrogeant, qu'en le critiquant. Il appelle à une lecture active, voire à une reformulation. Oui, la force de l'Évangile découle de ce qu'il n'est pas un texte, mais le support d'un texte qui s'écrit toujours.

Pendant que le père Henri développe brillamment sa réflexion sur la théophanie, il est touché par un rayon, l'unique rayon qui passe à travers le léger plafond de vigne. Sa silhouette s'illumine le temps exact de son homélie comme si un régisseur céleste avait braqué son projecteur sur le clou du spectacle, et je me dis, au fond de moi, que Dieu a décidément beaucoup d'humour.

Plus tard, notre groupe s'éparpille. Je m'installe avec quelques autres sur un des bancs pour y lézarder tout en parlant de géraniums et de foi. De géraniums d'abord parce que l'un de nos compagnons, planteur de géraniums à La Réunion, transporte des flacons d'huile essentielle dont les effluves régalent nos narines et viennent amplifier le souvenir de ceux humés durant tout notre voyage, ces fleurs robustes aux colorations vives proliférant partout alentour. De foi ensuite, car nous avons conscience d'explorer un site qui n'est peut-être pas celui de la Transfiguration. J'avance mes arguments en faveur du mont Hermon. Ils convainquent. Mes compagnons hochent la tête. Pourtant cette possible équivoque géographique n'induit nul embarras, nulle déception. Chacun se livre à son tour :

– Pas de fétichisme ! Ce qui importe, ce n'est pas que l'emplacement soit ou pas le bon pour célébrer l'événement, c'est la méditation qu'il propose.

– Un pèlerinage représente une randonnée physique et surtout un voyage intérieur.

– Mon cerveau arpente plus que mes jambes.

– Chaque endroit me donne à cogiter sur un épisode saint. L'esprit compte davantage que la lettre.

Ils ont raison : ne confondons pas l'occasion de penser avec sa cause. Même lorsque nous sillonnons des sites à l'attribution incertaine, saisissons la possibilité de décortiquer un point spirituel. Les lieux bornent l'horizon, la réflexion l'ouvre. Voilà donc le paradoxe du pèlerinage : la vérité qu'il recherche n'est pas celle de la terre, mais celle du ciel. S'il ressemble à une expédition archéologique, il ne s'y réduit pas. Les pieds ne collent pas au sol ; ils s'envolent sur les ailes de la pensée.

Le car repart. Le géranium est toujours à l'honneur dans les conversations, qui dérivent sur les rhums arrangés – rhum géranium, rhum orchidée, rhum vieux citron, rhum pamplemousse. Au bonheur qui incendie les yeux de mes compagnons, je devine que commenter les qualités des ti-punchs appartient à l'identité des Réunionnais, lesquels me chantent là une sorte d'hymne régional.

Nous débarquons à Césarée, battue par les vents, au bord d'une Méditerranée indigo. Je m'isole, car j'éprouve une émotion singulière : ce lieu a la beauté d'un souvenir.

J'arpente le site d'un de mes romans. Mon héros, le Romain Ponce Pilate, préfet de Judée, parce qu'il détestait Jérusalem, résidait à Césarée, dans son centre administratif, dont la partie militaire, équipée de cinq cohortes et d'une aile de cavalerie, sentait bon le cuir et le cheval, tandis que la partie privée restituait le charme aristocratique de sa péninsule chérie. Césarée, comme son nom l'indique, avait été construite à la mode romaine par Hérode le Grand, à l'époque roi de Judée et vassal de Rome, qui en avait fait sa capitale, pourvue d'un port artificiel, d'un théâtre, d'un hippodrome et de compétitions athlétiques. Ponce Pilate se contenta de s'y installer. J'avise le fastueux palais, sa piscine, ses mosaïques, y projetant le chevalier Pilate et son épouse Claudia Procula, puis le champ de courses équestres mentionné par Flavius Josèphe, avec sa piste de 250 mètres. Tout respire la villégiature, le loisir.

Sous le patronage de la déesse Fortune, Césarée constituait le Saint-Tropez du Moyen-Orient.

Murmurerai-je comme l'Antiochus de Racine : « Je demeurai longtemps errant dans Césarée » ? J'y demeure à rêver le plus longtemps possible. Qu'il est aisé de relever ses ruines si bien préservées ! Mon imagination redresse les murs, retuile les toits, complète les fresques, regrave les inscriptions, réintroduit les bruits, les odeurs, les mouvements, l'agitation d'une cité. Avec tendresse mes paumes caressent la « pierre de Pilate », le vestige épigraphique qui atteste sa présence – sa reproduction en réalité, l'original étant conservé au Musée d'Israël. Mon séjour dans cette cité où je n'avais jamais mis les pieds, où j'ai pourtant vécu en tant qu'écrivain, me fait l'effet de retrouvailles. *L'Évangile selon Pilate* prend corps.

Durant ma déambulation, je détecte une deuxième Césarée : la chrétienne. On la perçoit en fixant la mer, pas le rivage. Pour la repérer, on doit perdre son regard dans l'horizon maritime.

D'ici, le christianisme largua les voiles, prit le large et devint universel. Quelques années après la crucifixion, Simon Pierre se rendit chez un centurion romain de Césarée qui l'avait mandé. Cette visite rompait avec les usages – un Juif n'était pas autorisé à fréquenter un étranger ni à entrer en contact avec lui –, cependant Dieu avait montré à Simon Pierre qu'il ne fallait déclarer aucun humain impur ou interdit. L'apôtre fondateur de l'Église fit davantage ; à la stupéfaction générale, il baptisa l'honnête militaire Corneille au nom de Jésus-Christ. Par là, il opérait une révolution : il ne réservait pas le christianisme au peuple élu, aux seuls Juifs, mais l'ouvrait aux païens, à toutes les nations, y compris à l'ennemi juré, le Romain persécuteur.

Mon chapeau de paille décolle, m'échappe, tournoie et se volatilise. Justement, le vent file vers l'ouest. Porte-t-il lui aussi quelque chose de la Judée jusqu'à Rome ?

*

Certains moments de ce pèlerinage me déconcertent, car ils ne suscitent aucune méditation en moi.

Ainsi aujourd'hui Megiddo…

Le site m'intéresse du point de vue archéologique, cependant il ne me donne rien à penser. Depuis sept mille ans, les divers états de Megiddo se sont tellement empilés les uns sur les autres que leurs strates ont fini par former une colline artificielle, ce tell, un monticule de vingt-cinq couches, soit vingt-cinq cités successives.

Située sur les chemins du commerce, Megiddo fut disputée par beaucoup de tribus, de nations, et les fouilles d'Israël Finkelstein ont révélé la monumentalité de ses fortifications, l'épaisseur impressionnante des murailles – de quatre à sept mètres. L'ensemble raconte une technique guerrière qui a presque disparu à notre époque : le siège. Cette place forte s'était organisée pour endurer d'interminables assauts, édifiant un gigantesque silo à grains, détournant une source qui coulait à ses pieds, la masquant, puis creusant un système hydraulique souterrain dont j'emprunte les fraîches galeries.

La Bible ne se montre pas avare sur Megiddo, une cité que les Hébreux devaient forcément contrôler. Quant à l'apôtre Jean, il la rebaptisa Armageddon, dans l'Apocalypse, lieu où, un jour, s'affronteront le Dieu tout-puissant et les rois de la terre. Ce vestige des batailles passées s'érige en symbole de l'effroyable bataille à venir.

Nous avouons tous notre réserve concernant l'Apocalypse. N'ayant jamais trouvé un contenu spirituel majeur à ce livre prophétique que je préfère fermer qu'ouvrir, je suis assez soulagé de noter qu'il en est de même pour le père Henri, Guila et nos pèlerins.

Il n'en va pas ainsi pour un groupe d'Américains à côté de nous. Au-dessus de l'antique armurerie, ils brandissent un drapeau démesuré des États-Unis, chantent et crient, les joues cramoisies, les pupilles luisantes.

Je m'approche de l'un d'eux, un blond athlétique en bermuda au visage régulier. Ravi de ma curiosité, il m'apprend qu'il a rejoint, avec ses amis trentenaires, les

Témoins de Jéhovah. « Un jour enfin, Dieu triomphera de Satan, anéantira les méchants, après quoi la Terre ne renfermera plus que des humains heureux, en bonne santé, libérés du péché et de la mort. » Pour lui et ses acolytes, leur présence ici revêt une importance extrême puisqu'on leur a enseigné qu'à cet endroit les armées du ciel, dirigées par Jésus, détruiront tous les gouvernements. Chaque fois qu'il prononce « Armageddon », sa bouche explose, j'entends le cataclysme, les nuées noircissent, je bascule dans un film catastrophe. Ensuite, précise-t-il, Jésus, avec 144 000 humains sélectionnés, régnera sur la Terre pendant mille ans. Comme je perçois qu'il ne doute pas d'appartenir aux 144 000 élus, je me contente de rétorquer :

– Mille ans, seulement ?

Il me regarde interloqué pendant que je m'éloigne.

Lorsque mes compagnons me demandent ce qu'il m'a confié, je résume l'ensemble en peu de mots, prétextant être fatigué à l'idée de relater ces inepties. En vérité, la gêne m'envahit. Pourquoi cet Américain tient-il ce discours ? Pourquoi l'ai-je aussitôt méprisé ? La conviction du gaillard me trouble parce que, fondée sur les mêmes textes que la mienne, je l'ai néanmoins rejetée en la jugeant stupide.

Croire, il le faut bien, mais en quoi ? L'appétit avec lequel ce garçon se précipite sur ce récit catastrophiste, paranoïaque, manichéen illustre parfaitement une tendance de la culture américaine, véhiculée par des politiciens et des films à pop-corn. Le combat du bien et du mal, la violence pour solution, le culte de la force qui en résulte, voilà ce que je détecte autant dans les discours d'un athée américain que d'un croyant. Qui a influencé qui ? De l'œuf ou de la poule, qui est le premier ? Une certaine vision biblique a-t-elle créé cette idéologie, ou l'idéologie infléchit-elle la lecture de cet appendice évangélique ?

En contraste, ma piété me paraît pure, édénique, sage.

Or ai-je le droit d'affirmer cela ? Quelle raison m'y autorise ?

Foi contre foi, cela s'équivaut, comme lors d'un procès un témoignage contre un témoignage.

À l'évidence, ce Témoin de Jéhovah qui a pris un avion pour se rendre à Armageddon me juge catholique décadent. À l'évidence, moi qui ai pris un avion pour me rendre à Jérusalem et ne passe à Megiddo que par scrupule d'historien, je diagnostique en lui un illuminé, atteint d'une forme déviante de christianisme, bref le membre d'une secte.

Qui voit juste ?

La secte, c'est toujours la religion des autres.

*

En relisant ce carnet ce matin, je remarque une erreur bizarre.

Dans mon portrait de Guila, je lui attribuais des yeux clairs, composés de gris, d'argent, d'azur. Pourtant, puisqu'elle se tient sur le fauteuil d'à côté, je constate la couleur brune de ses iris. Comment se tromper à ce point ?

J'ai décrit l'effet qu'elle dégageait. On ne doit pas confondre les yeux et le regard. Les premiers sont matière, le second est lumière. Les uns relèvent du corps, l'autre vient de l'âme.

Guila a les yeux marron et le regard bleu.

*

Ce matin nous quittons Nazareth.

La cour aux géraniums carminés se garnit de valises. Me voilà déjà contraint à contempler le couvent avec nostalgie, à regretter le bavardage des sœurs pétillantes dont le sourire me réchauffait. Hier, quelques-unes d'entre elles, françaises et italiennes, m'ont confessé avoir dévoré mon livre, *Oscar et la dame rose*, aveu qui a déchaîné gloussements et rougissements. Je leur ai demandé la cause de cette gêne. Il leur est interdit de lire des romans contemporains, m'ont-elles confié, et leur bibliothèque n'en contient aucun ; cependant, elles en enregistrent certains à voix haute, destinés aux malvoyants… Voilà donc comment elles ont fréquenté mon petit Oscar.

Le car grimpe tranquillement vers Bethléem.

Ce nom seul me ramène à mon enfance. Je le trouvais si beau que je le chantais, le vocalisais, le prononçais en toute occasion, à bon ou à mauvais escient. Bethléem sonne si peu français, avec son *t* auquel succède un *l*, son double *é*, sa finale en *m* privée d'un *e* muet. « Jésus est né à Bethléem. » J'en avisais chacun juste pour le plaisir de mastiquer ses consonnes et je raffolais de la crèche de Bethléem que nous installions sous le sapin de Noël, dont j'admirais le décor en papier mâché, l'enfant rosé sur une couche de paille, épanoui comme une étoile. Sa nudité témoignait d'une indifférence souveraine au froid et suggérait sa divinité pendant que Marie, Joseph, les bergers, les Rois mages, eux, se drapaient dans de lourds manteaux. Égaux en nudité, le bœuf et l'âne aux immenses yeux songeurs gardaient le bébé plutôt qu'ils ne s'en étonnaient ; calmes, ils me semblaient proches de Jésus, détenteurs d'une plus grande sagesse que les bipèdes fiévreux. Sans le savoir, je considérais la crèche avec le même regard empreint d'amour que François d'Assise : la bonne nouvelle s'adressait aussi aux animaux. J'ignorais qu'en Galilée antique les maisons s'adossaient souvent à la roche, de sorte que la partie bâtie accueillait les humains, la grotte servant d'étable.

Nous gagnons la basilique de la Nativité.

Là encore, nous voyageons en territoire d'incertitude. Deux évangélistes, Matthieu et Luc, racontent la naissance de Jésus. Marc et Jean, eux, ne nous le décrivent qu'une fois adulte. « Et vous, qui dites-vous que je suis ? » Luc veut faire entendre à ses auditeurs que le divin s'insère dans l'Histoire, au sein d'une humanité précise – en Judée sous l'empereur Auguste –, commune et pauvre – « une mangeoire parce qu'il n'y avait pas de place pour eux dans la salle d'hôtes » –, et tient surtout à prouver que la prophétie de Michée sur la ville de David se réalise : « Et toi, Bethléem [...] de toi sortira un chef qui fera paître Israël, mon peuple. » Peut-être le choix de cette localisation recèle-t-il plus de raisons théologiques que factuelles. Les historiens doutent que l'accouchement se soit passé à Bethléem, ils pencheraient plutôt pour Nazareth, Capharnaüm ou Chorazeïn.

La basilique de la Nativité fut édifiée dès le IVe siècle, réclamée par l'impératrice Hélène à son fils, l'empereur Constantin Ier. Sans cesse rénovée, agrandie, reconstruite, restaurée, elle reste l'une des plus vieilles églises du monde.

On y pénètre par une toute petite porte s'apparentant à une brèche dans la paroi de pierre, qui astreint à se courber, ce qui évoque l'entrée d'une grotte. J'aime aussitôt cette « porte de l'humilité », rudimentaire, anti-décorative, qui contraint le fidèle à s'abaisser, à reprendre sa taille d'enfant. En l'observant, je repère sur la façade où elle se découpe les empreintes d'un porche imposant, un arc brisé gothique qui a été comblé ; les croisés du XIIe siècle avaient réduit ses dimensions, soit pour tromper l'œil en lui donnant la prémonition d'une caverne, soit pour assurer leur sécurité.

Par contraste, la nef se révèle gigantesque, d'autant que, suivant l'habitude orthodoxe, elle ne comporte aucun mobilier. Je déambule entre ses colonnes, déchiffrant des graffitis qui, de siècle en siècle, expriment la même envie dérisoire de laisser une trace, m'attardant sur les figures des saints peints à fresque, qui reproduisent probablement celles de leurs commanditaires, puis j'examine les fragments de mosaïques constantiniennes que montrent, çà et là, des percées dans le plancher qui fut posé ensuite.

Une vaste iconostase se dresse devant l'autel, car les Grecs orthodoxes administrent cette section de la basilique. En renversant la tête, je m'attendris : du plafond pendent une profusion de boules rubis, de luminaires dorés, de pendeloques à franges, de lustres à pampilles, un bric-à-brac clinquant qui réunit tout ce qui brille, où le cristal rivalise avec l'acrylique, où le précieux se marie à la pacotille, la poudre d'or à celle de perlimpinpin. M'émeuvent particulièrement les lampes perpétuelles en laiton, lesquelles utilisent selon l'Exode « une huile pure d'olives concassées afin de les alimenter en permanence » ; quoique dotées aujourd'hui d'un système électrique, elles relient toujours juifs et chrétiens, suspendues dans les synagogues comme dans les églises, marquant la présence éternelle de Dieu là, de Jésus ici.

Notre groupe s'approche de la grotte de la Nativité, située sous la basilique. Un moine nous barre le seuil. Actuellement s'y déroule un office en italien.

Nous attendons, assis sur les gradins par lesquels on accède à la grotte.

Débute maintenant une messe en anglais.

À mesure que le délai s'allonge, d'autres pèlerins s'agrègent. Les nouveaux venus se tiennent debout et piétinent désormais par centaines.

Nous attendons.

Une heure s'écoule. La basilique s'est remplie, l'air fait défaut. Je prends des notes sur ce carnet, corrige des textes antérieurs, peaufine des réflexions. Chaque fois que je m'interromps, je discerne l'ennui qui fige les visages. Moi, privé de l'écriture, j'aurais déjà cédé à la colère. Quoi ? Nous voici réduits à une humanité inférieure, un troupeau qui ne mérite que de languir ? Prêtres et moines refusent de nous informer, nous signifient par des gestes méprisants, sans nous regarder, de ne pas avancer un orteil. Ce site est justement celui où aucun privilège ne devrait s'exercer, il appartient à tous. La préemption de la grotte pour des liturgies à cinq personnes me choque, je la juge antichrétienne car tout homme en vaut un autre. La plus révolutionnaire invention du christianisme, l'égalité des âmes, sans laquelle on n'aurait pas proclamé les droits humains, s'avère bafouée dans le lieu même de sa naissance !

La messe s'achève, mais des moines, pas plus attentifs à nous qu'à des mouches inopportunes, nous bousculent et descendent nettoyer la grotte.

Ils lessivent le sol, ils agitent des cassolettes fumantes. Où l'ont-ils déniché, cet encens ? Il pue l'essence, le pneu brûlé. Écœurés, nous tirons de nos sacs les masques chirurgicaux que l'épidémie de Covid nous forçait à porter il y a encore quelques semaines. Je ne décèle aucune grogne chez mes compagnons, les épreuves spirituelles d'un pèlerinage incluant la patience, et j'envie leur coriacité.

Tout en chassant de la main les exhalaisons grisâtres et pestilentielles qu'ils impulsent, les moines barbus que j'aperçois à travers l'ouverture s'affairent.

Cette étroite porte en bronze me trouble. Depuis deux heures que je la scrute sitôt que je lève les yeux de mon carnet, elle m'apparaît comme un vagin, un vagin magnifique, un vagin désiré, recherché, respecté, célébré, un vagin sublime et créateur, l'auteur de la vie, l'origine du monde. La grotte de Marie suscite en moi une rêverie poétique qui glorifie la chair, la peau, sa beauté velouteuse, la légitimité de la convoitise et du plaisir. Je n'ai jamais rien vu d'obscène dans le corps, rien d'indécent dans sa nudité, et je songe à ceux des femmes que j'ai aimées ainsi qu'à celui de ma mère. Toutes les composantes du féminin s'assemblent, les corps qui provoquent le désir, les corps qui accouchent de l'enfant. L'amante ne se dissocie pas de la mère. Au contraire, elle l'engendre.

Malgré nos masques, l'encens nous amène au bord de l'indisposition. On tousse. On expectore. Derrière moi, une matrone italienne s'écrie avec humour : « J'ai un malaise de femme enceinte devant la grotte de la Nativité ! » Nous éclatons de rire.

Les moines jaillissent, fendent la foule. Leur chef à la voix de tambour, resté en bas, nous fait entrer un à un. Je retiens mon irritation : payé, il opère un tri et organise de honteuses priorités en favorisant certains. Lorsque mon tour arrive, je lui jette un regard courroucé dont, à l'évidence, il se contrefout.

Est-ce le contexte ? L'usure nerveuse entraînée par l'attente ? L'indignation ? Une fois au milieu de cet espace étriqué, je me retrouve désemparé. Je constate d'abord que la cavité est intégralement décorée, recouverte de marbres bigarrés et de draperies en soie, hormis quelques centimètres carrés de roche lissés par des millions de mains. Je remarque ensuite que les visiteurs l'un après l'autre s'y penchent dix secondes, pas plus, sinon un moine leur crie de s'écarter. Enfin ce spectacle affligeant me rappelle combien cette localisation relève de l'incertain.

Résultat ? J'accomplis la gymnastique du pèlerin : je m'agenouille, j'esquisse un signe de croix et me redresse avant que le kapo ne m'aboie dessus.

Je m'extrais de ce réduit en suffoquant, les poumons attaqués par l'encens nauséabond.

Qui manquait au rendez-vous ? Marie ou moi ?

Je poursuis ma visite, déconcerté.

Au sous-sol, je m'arrête dans la cellule où Jérôme de Stridon travaillait. Par chance, je parviens à y demeurer un quart d'heure tranquille. Sans doute attire-t-elle peu les touristes.

Pourtant elle compte, cette pièce où, vers 400, Jérôme se consacra à la traduction de l'Ancien et du Nouveau Testament. Il en connaissait les deux langues, l'hébreu du premier, le grec du second, et en produisit une version latine qui fit autorité durant des siècles, la Vulgate, c'est-à-dire « le texte rendu accessible », lequel permit la diffusion de la Bible. Patron des traducteurs, il affina l'exégèse en distinguant trois niveaux d'interprétation, historique, allégorique, puis spirituelle. Détestant l'oisiveté, il conseillait de se livrer continûment à une activité « pour que le diable te trouve toujours occupé » et il mena une vie aussi bien remplie qu'ascétique. « Le Christ est nu, suis-le nu. C'est dur, c'est grandiose, difficile, mais splendide en est la récompense. »

J'abandonne le scriptorium, ce bureau de saint Jérôme, et flâne le long des cours, des cloîtres, des jardins attenants au couvent. Pour je ne sais quelle raison, fondant du ciel brûlant, l'image de ma mère m'envahit, son sourire, ses paupières qui plissent de tendresse. Alors, par jeu, j'emprunte le rôle de guide. Comme si elle me voyait et m'entendait de là-haut, j'arpente les lieux, je les lui commente, je lui justifie l'afflux des femmes voilées en lui rappelant que les musulmans chérissent Dame Marie – Lallâ Maryam. Certes, j'ai conscience de l'artifice, je sais que je parle à une morte, que son visage se réduit à un souvenir, pourtant je persévère, elle est là, avec moi, et je refais la visite pour elle seule.

En rejoignant le groupe, je rayonne. J'ai compris que si la basilique de la Nativité ne m'avait pas offert de rencontrer Marie, elle m'a rendu la présence de ma mère.

Était-ce le but ?

Est-ce la même chose ?

*

Le mur…

« Si tu comprends quelque chose à la situation de Jérusalem aujourd'hui, c'est qu'on t'a mal expliqué », m'avait soufflé un ami juif lors de mon départ.

Ce matin, avant la visite de la Nativité, je me suis pour la première fois retrouvé nez à nez avec le symbole du désastre.

Bethléem se situant en Cisjordanie, nous nous sommes approchés de la frontière. Quand nous avons atteint le point de contrôle militarisé, notre guide, Guila, qui est juive, s'est placée par prudence au fond du car, redoutant de compliquer le filtrage. Les sentinelles nous ont laissés passer sans vérification.

Nous avons alors longé le mur de séparation entre Israël et la Palestine. Précédemment, je n'avais discerné au lointain que sa version « légère », des couches de grillages ; désormais mes mains touchaient un mur lourd, opaque, carcéral, une enceinte composée d'épaisses et hautes plaques de béton.

Rien que sa laideur constitue un scandale. Le mur bouche tout horizon, visuel ou mental.

Il sanctionne un échec, pas un échec sécuritaire puisqu'il a réduit le nombre d'attentats-suicides – parallèlement, l'État palestinien avait signé un accord –, mais un échec historique et politique : il incarne l'impossibilité d'arriver à la paix. Construit à partir de 2002 durant la deuxième intifada, période d'intenses agressions entre Palestiniens et Israéliens, il est présenté par les politiciens juifs comme provisoire, quoiqu'il soit permis d'en douter.

« Si tu comprends quelque chose à la situation de Jérusalem aujourd'hui, c'est qu'on t'a mal expliqué. »

J'ai décelé dans ce mur l'essence même de la tragédie.

Qu'est la tragédie ?

L'affrontement de deux légitimités. Deux camps s'opposent qui, à leur manière, ont tous les deux raison. Il ne s'agit ni d'un combat entre le bien et le mal, ni d'un assaut du vrai contre le faux ; il s'agit de deux conceptions du bien inconciliables, de deux vérités qui s'excluent.

Israël a raison, la Palestine a raison. Les deux pays justifient leur occupation du territoire par une présence longue, ancestrale, licite.

Les Juifs en furent chassés à deux reprises : une première dispersion de leurs élites en 587 avant Jésus-Christ par les Babyloniens, une seconde, décisive, par les Romains en 70. Titus, futur empereur, assiégea, pilla, incendia Jérusalem, massacra la population et détruisit le Temple, ce qui provoqua l'exil. Au XIXe siècle, la montée des nationalismes et de l'antisémitisme en Europe poussa les Juifs de la diaspora à désirer un État juif. Le mouvement sioniste se forma et rêva d'une réinstallation en Israël. L'horreur absolue que commirent les nazis en organisant leur extermination libéra les verrous de ce projet : avec le soutien de l'ONU, la création de l'État d'Israël fut proclamée en 1948.

Or des populations occupaient légitimement cette terre depuis deux millénaires, lesquelles vécurent sous l'Empire romain, puis ottoman, devinrent musulmanes en majorité, parlaient arabe ou turc. En 1947, les Arabes palestiniens ainsi que les États arabes voisins rejetèrent le plan de partage de l'ONU. La violence redoubla. À leur tour, ces populations subirent des expulsions et connurent par les Juifs ce que les Romains avaient jadis infligé aux Juifs. Elles prirent les armes et tout s'envenima.

Telle est la logique tragique : chacun des blocs possède sa légitimité, laquelle lui est déniée par l'autre.

Telle est la logique tragique : puisque personne n'a raison ni tort, la force se substitue à la discussion, au droit.

Telle est la logique tragique : le problème s'amplifie et demeure sans issue.

À la tragédie, nous préférons tous spontanément le drame, avec son schéma manichéen : le bon et le méchant, le juste et l'injuste, le messager de la vérité et l'émissaire des mensonges.

Lorsqu'on naît israélien ou palestinien, on choisit vite

son clan, car par le sang, les fêtes, les souvenirs, parfois par le deuil et le chagrin, on se rattache à une communauté. J'ai rencontré néanmoins des Israéliens et des Palestiniens choqués par ce conflit qui a pris leur pensée en otage ; ils souffrent de ne pouvoir introduire des analyses, peser le pour et le contre, inaugurer un espace de dialogue, donc de partage. Sous la haine de l'autre se tapit toujours une aversion fondamentale : le refus de la complexité. Les apporteurs de nuances, ceux qui perçoivent la tragédie et ne la balayent pas au moyen d'un choix partisan, tiennent une position difficile : ces écartelés se révèlent inaudibles, promptement traités d'anti-Arabes ou d'antisémites.

« Si tu comprends quelque chose à la situation de Jérusalem aujourd'hui, c'est qu'on t'a mal expliqué. »

Face à ceux, consternés mais conscients, qui gardent à l'esprit le tragique de la conjoncture, les marchands de drame prolifèrent. Sous le drapeau d'une idée réductrice, ils réunissent les gens pour voter ou pour se battre, impatients d'imposer un remède unique à une maladie aux causes multiples. Ici, terroristes et démagogues s'équivalent : ils repoussent la tragédie en nous refilant le drame.

Au pied de cette muraille bétonnée, j'ai d'emblée fermé les yeux et crié intérieurement : « Assez ! » Pourtant, j'ai dû les rouvrir et n'ai plus su que proposer.

Inconfortable, la lucidité. Cependant rien de pire

que le confort s'il conduit à la mort de l'autre. Paresse du radicalisme et ascèse de la modération…

Sur la paroi encore criblée de balles, une fresque a arrêté mon attention, la colombe de la paix, celle qui avait livré à Noé le rameau annonçant la fin du Déluge. Elle plane là, ailes écartées, munie d'un gilet pare-balles, mais visée à la gorge par un tireur.

Banksy, un artiste britannique de la rue, l'a peinte au pochoir en 2005. Il dénonçait la gestion militaire du différend et montrait que ce traitement ne réussirait qu'à tuer la paix. Banksy, à l'instar de Fantômas, de Zorro ou de Batman, se cache derrière une armure d'anonymat ; comme eux, il réfute l'ordre établi, opère dans la clandestinité, refuse de confondre le légal et le juste. L'art doit s'insérer partout, pour tous, il est une manifestation de la liberté. Sa candide colombe, qui ne croit pas au pouvoir des armes et qui vit ses derniers instants, m'a touché au cœur.

J'étais planté devant la fresque, jugeant très efficace son ironie poétique, quand Guila s'est rapprochée ; elle m'a suggéré d'aller découvrir les pochoirs, tags, stickers dont Banksy et divers graphistes ont revêtu la barrière de séparation. Après avoir défilé devant quelques œuvres, j'ai commencé à être dérangé par le phénomène : le mur se métamorphosait en mur d'exposition, un musée géant où se déchaînaient les talents. N'était-ce pas gênant ? Cela ne revenait-il pas à le rendre acceptable ? Voire précieux ? Lorsqu'on le démolira, des voix ne s'élèveront-elles pas pour le défendre en tant que patrimoine ? Guila me confirma que certains Bethléemites le craignent. Un jour, pendant que Banksy peignait, un habitant lui avait dit : « Vous embellissez le mur. » Banksy l'avait remercié, mais l'homme l'avait interrompu : « On ne veut pas que ce mur soit beau, on ne veut pas de ce mur. Rentrez chez vous. »

Nous avons gagné ensuite un modeste immeuble qu'a conçu et décoré Banksy, le Walled Off Hotel – « hôtel coupé par le mur » –, un nom qui joue sur les sonorités de Waldorf, une chaîne d'hôtels luxueux exhibant souvent des œuvres d'art. L'établissement se targue d'offrir « la pire vue que l'on puisse avoir » : les chambres donnent directement sur le mur. Nous avons pris un verre au bar, en apparence banal et suranné, jusqu'à ce que notre œil distingue de nombreuses œuvres visant à détourner certains clichés de façon subversive, au plafond des anges baroques affublés de masques à oxygène, accrochés aux cloisons des trophées où les caméras de surveillance remplacent les animaux empaillés, ici un cimetière de clés superflues, là des tableaux figurant un cerf engrillagé, un mouton entouré de loups, et puis, sur une tablette, mon objet préféré : deux aquariums posés côte à côte, contenant chacun un poisson rouge en résine qui souhaite rejoindre son double mais en vain… Derrière la salle, un musée lilliputien raconte l'histoire récente du côté palestinien. Là encore, j'ai éprouvé une compassion fraternelle. Aimablement, le personnel nous a autorisés à visiter deux des neuf chambres conçues par des artistes, l'une reproduisant un campement militaire, l'autre une suite présidentielle dont le somptueux bain bouillonnant est alimenté par le misérable ballon d'eau installé sur le toit des maisons palestiniennes.

Nous sommes retournés, Guila et moi, à notre hôtel, le Holy Family, simple, fonctionnel, tenu par des Palestiniens chrétiens. Comme nous ne disposions pas d'une chapelle, le père Henri a transformé le bar du rez-de-chaussée en autel ; derrière lui, à défaut de vitrail se dressait un panneau publicitaire Coca-Cola en Plexiglas vermeil, tandis que le percolateur suppléait à la croix. J'aime cette insolence, cette liberté qui consiste à déclarer : « Je délimite une zone sacrée. » Depuis l'Antiquité, des cercles de menhirs jusqu'aux temples païens, il n'existe pas de religion sans une clôture ; la volonté du prêtre la définit et la volonté des fidèles l'approuve. Du coup, je me souviens de certains musulmans côtoyés lors de mon expédition au Sahara : s'ils ne disposaient pas de leur tapis de prière, soit ils en traçaient les contours dans le sable, soit ils déposaient sous eux un journal.

Au cours de la célébration, j'ai songé aux miens, je me suis concentré sur ceux qui essuient des épreuves, j'ai espéré envoyer mon énergie, ma confiance, ma sérénité à Richard Ducousset, mon éditeur et ami, qui, en ce moment, lutte courageusement contre le cancer en enchaînant des opérations aussi dangereuses qu'interminables.

Quand je pense au temps qu'il m'aura fallu pour adopter le rythme liturgique du pèlerinage, je hais ma lenteur. Serais-je enfin désencombré de moi-même ?

Au terme de la cérémonie, un geste du père Henri a dissipé l'église imaginaire et le bar est redevenu bar.

Voici, à la différence du mur, une barrière qui s'efface…

*

La génétique obtiendra-t-elle le prix Nobel de la paix ?

L'enquête a débuté avec les historiens. Ceux-ci ont montré que, contrairement à la légende, la destruction du Temple par Titus avait provoqué en 70 une dispersion de la population juive massive mais pas totale : des Juifs étaient demeurés sur le sol, en particulier des paysans attachés à leurs champs. Si l'on suit le cours de leur destinée à travers les siècles, on s'aperçoit qu'ils furent hellénisés, romanisés, convertis à l'islam. Les Palestiniens d'aujourd'hui en descendent, ayant gardé des empreintes du passé dans leur dialecte, leurs patronymes, la pratique de la circoncision juste après la naissance alors que l'islam l'impose à l'adolescence.

L'enquête continue avec les travaux d'un biologiste espagnol, Antonio Arnez-Vilna, qui a mis en lumière une parenté génétique entre Juifs et Palestiniens, une proximité relayée par des études sur les maladies héréditaires.

Les combats auxquels se livrent Israël et la Palestine depuis soixante-quinze ans se révèlent donc une guerre fratricide. Le même sang coule des deux côtés.

Du point de vue de l'humanité, toutes les guerres le sont, fratricides, comme les mythes s'échinent à nous le rappeler, opposant Seth à son frère Osiris, Caïn à Abel, Étéocle à Polynice, Rémus à Romulus. Quelle cruelle ironie de constater qu'ici aussi l'Histoire défait ce que la nature a fait ! Les péripéties des conquêtes, des conversions, des exils, des retours ont séparé ce qui était uni.

La conscience d'une fraternité originelle parviendrait-elle à modifier les esprits, à induire de nouveaux comportements ? Un tel savoir aidera-t-il à diminuer les tensions ?

Je rêve qu'un jour, un 10 décembre précisément, atterrissent à Oslo des généticiens qui recevraient le prix Nobel de la paix pour avoir contribué, selon les volontés exprimées dans le testament d'Alfred Nobel, « au rapprochement des peuples, à la suppression ou à la réduction des armées permanentes ».

Malheureusement, la difficulté ne consiste pas à dire, mais à se faire entendre.

*

Les bonnes sœurs…

Les bonnes sœurs, vives, longilignes, courant voile au vent au lieu de marcher, emportées par un élan qui les dépasse.

Les bonnes sœurs qu'un sourire sur les lèvres illumine, pas pour séduire, plutôt pour accueillir et partager la joie qui passe.

Les bonnes sœurs de vingt ans, fraîches, le teint immaculé, les yeux purs, surprenant les hommes accoutumés aux faces maquillées.

Les bonnes sœurs de soixante-quinze ans, sveltes comme des femmes du monde à Paris, les bijoux et le tailleur Chanel en moins.

Leur charme sans afféterie me bouleverse. Parce qu'elles suppriment la dimension érotique, elles me deviennent sœurs immédiatement.

Je me sens bien auprès d'elles. Ou plutôt meilleur.

Aujourd'hui, j'ai découvert les Sœurs de l'Emmanuel, lesquelles habitent un monastère posé en hauteur, sur une colline caillouteuse entre Bethléem et Jérusalem. Sous le bâtiment de pierre ocre dévale un jardin fertile sur la pente mourante, jardin ombreux, luxuriant, fleuri, garni de pistachiers, puis d'une centaine d'oliviers cendrés dont les fruits vont bientôt atteindre la maturité. En bas la vallée du Jourdain, en face les monts de Moab. Dès que l'on se retourne en revanche, la vue paraît moins riante : le couvent est construit à l'ombre du mur. À même le béton, les moniales ont peint une immense icône de Marie, rebaptisée Notre-Dame-qui-fait-tomber-les-murs ; elles viennent la prier chaque vendredi, en français, en arabe, avec qui le désire, et la supplient par son ardente intercession de « faire tomber ce mur, les murs de nos cœurs, tous les murs qui génèrent haine, violence, peur, indifférence entre les hommes et entre les peuples ». N'appartenant pas à l'Église latine mais à l'Église byzantine catholique, elles assurent une présence priante au cœur de cette prison à ciel ouvert et proposent la convivialité comme remède à la guerre. Elles promeuvent un dialogue des civilisations, des cultures. Au milieu des déchirements, des attentats, des représailles, cette minuscule communauté de quatre sœurs souhaite recevoir chacun, se déclarant amies de toutes les confessions.

Une sorte de vertige me prend : quoi, seulement quatre petites sœurs pour un si grand message ? Quatre femmes sans armes et sans argent ? Est-ce magnifique ou dérisoire ?

Je commence à formuler quelque chose que j'appellerai le syndrome de Nazareth : la disproportion entre le point de départ et le point d'arrivée.

L'enfant d'un bourg accroché à la montagne a conquis des millions d'esprits et changé le monde.

Puissent ces quatre religieuses, accrochées elles aussi à leur montagne, rallier les cœurs et adoucir les mœurs.

Au retour du monastère, Guila, notre guide, demande au bus de s'arrêter devant un magasin de souvenirs.

Les pèlerins se ruent à l'intérieur. Des commerçants engageants nous accueillent en français avec du jus de grenade et un discours de bienvenue cocasse, bien rodé. Contaminé par l'enthousiasme de mes compagnons, je parcours les rayons pour dégoter quelque chose à rapporter de mon séjour. Hélas, le laid le dispute à l'abominable : les crèches en olivier proviennent directement de mes cauchemars, l'aspect funèbre des tableaux argentés me rebute, quant à la profusion de bagues, de colliers, de chapelets, elle m'inspire autant que les lots d'une fête foraine. Lorsque je tente de me rabattre sur les sels et savons de la mer Morte, Guila suspend mon geste en me soufflant qu'elle m'en conseillera de plus purs ailleurs. Bref, avec la meilleure volonté du monde, j'échoue à acheter la moindre babiole et rejoins discrètement le parking.

Là, une multitude de jeunes hommes, absents au moment où le car se garait, m'interpellent. Soignés, séduisants, voire élégants, ils se précipitent vers moi, présentant qui des sacs en toile, qui des calendriers, qui des T-shirts. Bien qu'ils n'arborent aucun indice de pauvreté, ils laissent percer dans leur comportement une fièvre, une insistance qui dénotent leur vif souci de s'alimenter et de nourrir leur famille. Cette urgence crée une effervescence à peine dissimulée par la politesse. Je cesse d'hésiter, je jette mon dévolu sur les colporteurs qui me semblent les plus nécessiteux.

Et là, je commets une faute.

Après avoir payé, je repousse les produits et leur suggère en anglais : « Non, conservez-les. Vous les revendrez. » Ils s'entêtent, se renfrognent. Au bord de la colère, ils me fourrent de force les articles entre les mains. Ferme, je résiste.

Guila accourt et me glisse à l'oreille :

– Arrête, tu les humilies.

La honte me plombe soudain les épaules. Non seulement j'ai dédaigné leurs marchandises, mais je les ai méprisés, eux. J'ai traité ces vendeurs comme des mendiants.

Confus, piteux, horrifié par ma maladresse et la peine que je leur ai infligée, je redouble mes achats puis remonte dans le car, les bras chargés d'objets anecdotiques que je ne m'imagine guère offrir de retour à la maison.

Je décide alors de commencer une collection d'un genre nouveau.

Ce sera une collection d'oublis : chaque jour de départ, j'abandonnerai étourdiment la bimbeloterie de la veille dans ma chambre d'hôtel.

*

L'histoire humaine se résume à une tension entre deux éléments d'architecture : le mur et le pont.

Ils fonctionnent à l'inverse. Le mur sépare, le pont rapproche. Le premier interdit, le second permet. L'un exprime la méfiance, l'autre la confiance.

À l'évidence, les deux ont leur nécessité. Mais je préfère les ponts aux murs.

*

Les évangélistes se montrent de piètres romanciers : quand un personnage formidable entre dans leur récit, ils le laissent tomber. Quel mépris des règles dramaturgiques ! Ou quelle ignorance… Décidément, ils se comportent en écrivains amateurs.

Ce midi, devant le tombeau de Lazare, je songe à cet épisode mémorable.

Jésus gagna Béthanie pour rendre visite à son ami Lazare, malade, à bout de forces. Dès qu'elle le vit arriver, Marie, la sœur de Lazare, s'effondra à ses pieds et sanglota.

– Seigneur, si tu avais été là, mon frère ne serait pas mort.

Jésus pleura le décès de cet homme qu'il aimait, bouleversé par le chagrin des siens.

– Où l'avez-vous déposé ? s'enquit-il.

On le conduisit à sa sépulture, une grotte contre laquelle on avait poussé une pierre, selon les habitudes du temps.

– Enlevez la pierre.

– Seigneur, il sent déjà. Cela fait quatre jours.

Jésus insista, leva les yeux au ciel et, murmurant, sollicita l'aide de son Père, lui expliqua qu'il avait besoin de convaincre la foule autour de lui. Il cria ensuite d'une voix forte :

– Lazare, sors !

Pieds et mains liés par des bandelettes, la face recouverte d'un suaire, Lazare apparut, quittant la mort et son tombeau. Jésus s'adressa à la cantonade :

– Défaites ses liens et laissez-le aller.

Après cette superbe réplique, plus rien ! Aucune embrassade de Jésus avec son tendre ami, nulle fête, nulle célébration. Le lecteur garde l'impression que Jésus a ressuscité Lazare sous la contrainte, rongé par la culpabilité qu'a suscitée l'apostrophe de Marie – « si tu avais été là, il ne serait pas mort » –, pressé par les villageois de réaliser un miracle. L'amour l'incitait moins à agir que l'envie d'en remontrer aux incrédules. Plus gravement, la scène s'achève sans mentionner ce qui advint à Lazare ni quelles conclusions celui-ci tira de son retour à la vie.

Vraiment, l'évangéliste Jean – puisque lui seul narre la résurrection de Lazare – manque à toutes les exigences romanesques. Ce qui, dans un sens, se porte à son crédit, sa gaucherie littéraire témoignant d'une forme d'authenticité…

La chute du paragraphe interloque. Lazare est revenu parmi eux, mais sa santé s'est-elle améliorée ? Dans quel état traverse-t-il les années qui suivent ? Que devient-il ? Si Jean nous le peint comme celui qui ressuscite, on peut aussi bien voir en Lazare celui qui meurt deux fois. Quel cadeau !

Providentiellement, les légendes complètent les textes. L'une raconte que Lazare, ses sœurs, ses amis embarquèrent sur un navire qui accosta aux Saintes-Maries-de-la-Mer, ville depuis laquelle Lazare évangélisa le sud de la France. Une autre l'envoie à Chypre où, également, il catéchisa. L'Occident et l'Orient l'ont donc récupéré.

Dans la cité d'al-Eizariya, en examinant la cavité rocheuse juste assez grande pour y faire entrer une dépouille, je me gratte la tête, perplexe. Je marque une extrême réticence face aux miracles, tout comme Jésus lui-même qui, si on lit correctement les Évangiles, détestait qu'on en exigeât de lui, rejetait ce rôle de thaumaturge. Pendant l'Antiquité, les faiseurs de miracles florissaient et Jésus craignait qu'on l'assimilât à l'un d'eux : il ne désirait pas prendre le pouvoir, mais transmettre un message spirituel.

« Je ne crois que ce que je vois », s'exclama Thomas, le disciple qui doutait de la résurrection de Jésus. Ce sceptique ne céda que lorsqu'il posa ses mains sur l'empreinte des clous, ses doigts dans les plaies du revenant.

Je l'ai toujours contredit : « Tu ne vois que ce que tu crois. » Nous avons appris à regarder le monde à travers des concepts, des savoirs, des idéologies, en plus de nos attentes et centres d'intérêt singuliers. Personne n'appréhende la réalité pure, chacun la discerne avec les lunettes qu'il a chaussées, lesquelles apportent leur précision autant que leurs limites. Ce qui paraît prodigieux à telle époque change de catégorie quand la science l'élucide. Voilà pourquoi les miracles se raréfient de siècle en siècle…

Je n'exclus pas l'existence des miracles, cependant je renonce à appuyer ma pensée dessus.

Seul Blaise Pascal, que je relis sans cesse, me trouble sur ce point. Ce puissant philosophe, l'exact opposé d'un imbécile, brandissait « la preuve par les miracles » sitôt qu'il défendait le christianisme, une preuve par sept selon l'Évangile de Jean, qui en décline sept. « Il y a de faux et de vrais. Il faut une marque pour les connaître, autrement ils seraient inutiles. Or ils ne sont pas inutiles, et sont au contraire fondement. » Blaise Pascal conclut : « Les miracles ont servi à la fondation, et serviront à la continuation de l'Église [...]. » Aux yeux de ses contemporains, Jésus « vérifiait » sa doctrine et le fait qu'il était le Messie « par ses miracles ».

Hormis le caractère douteux et discutable des miracles, j'oppose une objection à Blaise Pascal : les raisons de croire n'engendrent pas la croyance. La foi ni ne se déduit ni ne découle d'une logique. L'esprit prépare le terrain pour qu'elle s'y enracine à l'occasion, guère davantage. Les démonstrations de Dieu ou de Jésus n'obtiennent jamais le statut de preuves, seulement celui d'arguments.

Croire reste un saut. Se rallier au christianisme ne relève pas du rationnel, c'est consentir à un signe. Blaise Pascal l'écrit d'une façon saisissante à Mlle de Roannez à propos d'un miracle qui agitait ses contemporains. « Si Dieu se découvrait continuellement aux hommes, il n'y aurait point de mérite à le croire ; et s'il ne se découvrait jamais, il y aurait peu de foi. Mais il se cache ordinairement, et se découvre rarement à ceux qu'il veut engager dans son service. Cet étrange secret, dans lequel Dieu s'est retiré, impénétrable à la vue des hommes, est une grande leçon pour nous porter à la solitude, loin de la vue des hommes. Il est demeuré caché sous le voile de la nature, qui nous le couvre, jusques à l'incarnation ; et quand il a fallu qu'il ait paru, il s'est encore plus caché en se couvrant de l'humanité. »

En présence d'un mystère surgit un deuxième mystère : l'adhésion au premier.

Foi et refus de la foi expriment notre liberté.

*

En grappes, priant à pleine voix, les pèlerins entament l'ascension du mont verdoyant où les attend l'église de la Visitation.

J'ai réintégré la famille Poisson rouge. À mon habitude, mes lèvres s'agitent, mes cordes vocales bourdonnent, je marmonne des patenôtres sans que s'énonce clairement ni jusqu'au bout le Je vous salue Marie, la litanie qu'égrène notre groupe pas à pas, virage après virage, sans interruption, jusqu'à l'étourdissement.

La Visitation… Là encore, il s'agit d'un épisode relaté par le seul Évangile de Luc. Marie, enceinte de quelques jours, rend visite à sa cousine Élisabeth enceinte de Jean Baptiste. Les deux femmes s'embrassent et contemplent leur ventre, émerveillées.

Souvent chez Luc, le texte recèle une portée plus politique qu'historique. En réalité, Élisabeth appartient à la génération précédente, de même que Jean le Plongeur naît bien avant Jésus, cependant Luc simplifie et condense le tableau pour laisser entendre que le prophète juif annonce effectivement le Messie Jésus. Ce beau moment féminin, Élisabeth palpant avec satisfaction et émotion les flancs de Marie, c'est l'Ancien Testament qui accueille le Nouveau, c'est le judaïsme qui s'épanouit en christianisme.

Peu féru de Luc, j'aime pourtant cette scène, un des « mystères joyeux » comme on disait autrefois, car elle donne la parole aux femmes et célèbre la vie. Le Je vous salue Marie fut composé à partir des premiers mots d'Élisabeth recevant la jeune fille, et mon peu d'application à le réciter vient de ce que c'est plutôt la suite qui sonne à mes oreilles, la réplique de Marie : « Mon âme exalte le Seigneur. Et mon esprit se réjouit en Dieu, mon sauveur, car il a posé son regard sur la bassesse de sa servante. Voyez, dès aujourd'hui, toutes les générations me proclameront heureuse parce que le Tout-Puissant a accompli pour moi de grandes choses. Oui, son nom est saint. Oui, son amour s'étend d'âge en âge sur ceux qui l'honorent. Il déploie la force de son bras ; il disperse ceux qui se croient supérieurs ; il renverse les chefs de leur trône et relève les humiliés. Aux affamés, il offre l'abondance ; des riches il vide les mains. » En fait, cette déclaration, le plus long discours de Marie, résonne en latin au fond de moi, *Magnificat anima mea Dominum*. Depuis ma jeunesse, je m'enivre du *Magnificat* de Jean-Sébastien Bach. Les trompettes pétaradent, les timbales bondissent sous les bois qui gazouillent, les violons lancent des échelles de cordes, les phrases des choristes fusent, leurs vocalises se développent en volutes, prospèrent, se croisent, formant une architecture large, vibrante, chatoyante : le ciel qui nous couvre, plein et débonnaire, ignore le vide. Bach a su créer l'expression musicale de la joie, il a composé une exultation pour orchestre, chœur et solistes.

L'église de la Visitation illustre cette euphorie ascendante. Antonio Barluzzi l'a imaginée comme un élan, tout s'élève, ainsi que chez Bach. À l'extérieur, des plaques de céramique reprennent l'hymne en quarante-deux idiomes. Quoique je m'amuse à les déchiffrer, voire à les prononcer lorsque j'y parviens, le latin me revient toujours : *magnificat*.

Peut-on qualifier un mot de chef-d'œuvre ?

Celui-ci commence avec la douceur d'un baiser, tourne souplement dans la gorge, rejoint le palais, puis finit avec éclat sur la langue et les dents, tendu, allègre, vif, déjà dehors.

Magnificat… Non seulement le vocable est expressif, mais il est créateur. Je possède la conviction que si Lassus, Palestrina, Monteverdi, Charpentier, Vivaldi,

Bach, Bruckner, Pärt et tant de compositeurs ont conçu des Magnificat, c'est parce que le mot en soi les inspirait, porteur de musiques qui attendaient qu'on les repère, qu'on les entende, qu'on les déploie.

Le père Henri dispense une nouvelle messe en plein air, devant les vignes et les oliviers, durant laquelle il médite longuement sur la réaction de Marie à l'ange annonciateur, « *Fiat !* » en latin, « qu'il en soit ainsi », un oui frémissant de hâte qui n'envisage pas de tergiverser.

Me vient à l'esprit que, par contraste, notre époque marche sur la tête en valorisant le non. Elle nous a convaincus que refuser c'est faire montre d'intelligence, de puissance, d'autonomie, d'indépendance. Méfiance, rejets, réfutations et critiques systématiques passent pour des vertus. Seuls le niais ou le frêle acquiescent.

Une faiblesse que de dire oui ? On a besoin de force pour consentir, de courage pour dire oui au risque, oui au danger, oui à l'aventure, oui à l'autre, oui à l'amour quand il se présente, oui à l'amour quand il demande des efforts, oui à la Révélation, oui à Dieu.

Une sottise que de dire oui ? Le discernement ne tient pas à la réponse, positive ou négative, mais au chemin qui y conduit. Quand il n'y a que réflexe conditionné, on parle de bêtise. Quand il y a délibération, on respecte le choix qui en découle.

Encore faut-il que l'examen ne vire pas au vice, à la ratiocination stérilisante. Je songe à des camarades qui se plaignent de crever de solitude et d'ennui… Or, chaque fois qu'ils font une rencontre, ils se retirent en eux-mêmes, s'acharnent à peser le pour et le contre au point qu'ils n'écoutent que leurs calculs, jamais leur cœur ; et si une opportunité d'étrangeté, une nouveauté radicale s'esquissent, ils préfèrent préserver leur confort habituel, s'effrayant d'être bousculés. Accepter, s'ouvrir à l'autre, céder à l'inconnu, dire oui, relève pour eux de l'impossible.

Quelle vigueur, à l'opposé, dans le « *Fiat !* » !

*

Après chaque dîner, le père Henri nous annonçait qu'il partait se promener sur une place très fréquentée de Bethléem. Là-bas, il escomptait retrouver des enfants orphelins dont il s'était occupé quelques années auparavant, au cours d'un long séjour. Régulièrement, il proposait à qui le souhaitait de l'accompagner ; chaque fois, je me retenais de le faire, redoutant, tant je calcule mes forces, d'empiéter sur mon temps de sommeil.

Ce matin, nous disons adieu à Bethléem et entassons nos valises dans la réception du Holy Family qui, aussitôt, s'apparente à un hall d'aéroport.

Un homme de trente-cinq ans, la peau cuivrée, des cheveux d'un noir mat masquant mal une calvitie naissante, attend humblement à côté du comptoir. Mince, presque décharné, il penche un peu, le corps voûté, ses frêles épaules en avant, écrasé par le sort. Les paupières baissées, il nous considère gentiment, comme s'il s'excusait de nous imposer sa présence.

Soudain ses prunelles brillent, des larmes y montent, sa figure est inondée d'amour : il a aperçu le père Henri. Les deux hommes s'élancent l'un vers l'autre. Pudiques, gênés par l'émotion qui les dépasse, ils s'étreignent, se donnent des tapes dans le dos, chacun balbutie des mots de sa langue, incapable de recourir à l'anglais universel.

L'homme est l'un des enfants qu'a connus le père Henri. Ayant su que ce dernier logeait ici et repartait ce matin, il est venu le saluer. Lui-même possède une famille, désormais.

Nous détournons les yeux, touchés : aucun des deux hommes ne parvient à convertir ses sentiments en mots. Rien de plus beau que cette impuissance. Sans aucune phrase, nous comprenons tout : nous comprenons le désarroi et la détresse qui avaient accablé jadis l'orphelin ; nous comprenons l'importance du soutien que lui avait fourni le prêtre, un réconfort essentiel, de l'estime, de l'affection, de la confiance en soi ; nous comprenons que l'homme l'en remercie à jamais, qu'il pense même lui devoir ses enfants ; nous comprenons que cette immense gratitude bouleverse le père Henri qui n'en espérait pas tant.

C'est l'heure de décamper, le chauffeur du car, impatient, klaxonne. L'homme tient à nous aider à charger nos bagages. Il nous contemple tous avec tendresse, comme si, proches de son bienfaiteur, nous méritions également sa reconnaissance.

Son bon regard et ses au revoir nous suivent jusqu'à ce que notre véhicule entame son virage.

Au creux de son siège, le père Henri demeure muet, le visage gonflé par une joie presque insoutenable.

Bethléem dans notre dos, nous nous dirigeons vers Jérusalem.

Les voies modernes, incurvées, bien tracées, ajoutent des kilomètres au chemin direct qu'avait pris Jésus à pied.

Notre bus parcourt des paysages tellement divers que mes repères se brouillent. En empruntant les échangeurs d'autoroutes, nous croisons ici une usine, là des lignes électriques à haute tension, plus loin des immeubles en construction hérissés de grues, cernés de bétonnières, mais voilà que nous passons également devant un désert, des oliveraies, un muret de pierres sèches auprès duquel confèrent des ânes, un coteau où un pâtre mène des chevrettes noires parmi les talus herbeux : ces scènes-là surgissent des pages de la Bible. Tantôt à l'époque des prophètes, tantôt aujourd'hui, je voyage dans l'espace et le temps.

Après vingt minutes, le panorama se rétrécit, la temporalité tend à s'uniformiser, nous traversons la banlieue, puis, tournant, montant, descendant, stagnant, repartant, nous pénétrons finalement de plein fouet dans la Jérusalem contemporaine. Le car stoppe au mont des Oliviers, qui surplombe la ville ancienne. En ces rues étranglées, ça bouchonne, ça pétarade, les voitures klaxonnent, les chauffeurs s'interpellent, motos et mobylettes narguent les autobus bloqués, les piétons risquent leur vie en longeant les murs privés de trottoirs. Un unique mot d'ordre court de cerveau en cerveau : « Chacun pour soi ! »

Au pied du véhicule, la chaleur pèse soudainement sur nos épaules et nous étouffe. Notre groupe se glisse dans un jardin ombragé. Arpentant le mont des Oliviers, par définition je ne le vois pas, ce qui me désole ; en revanche, je contemple Jérusalem face à moi.

Enfin…

Ses remparts s'érigent, en pierre ocre, épais, solides, plus hostiles que protecteurs, signes qu'un danger subsiste. Quoique, en contrebas, des arbres, des buissons, des pelouses, des fleurs tentent de transformer la forteresse en écrin, elle demeure menaçante. Jérusalem la monumentale se replie au lieu de s'ouvrir. Aux aguets, farouche, suspicieuse, elle rejette sans accueillir. Adjoignant des murailles aux roches, décourageant l'approche, elle écrase le voyageur au point que, quand il en sillonnera les ruelles, il conservera cet effroi primordial. Les travaux successifs du roi Hérode le Grand et du sultan Soliman le Magnifique ont clos sur elle-même Jérusalem ; Saladin a condamné la Porte dorée par laquelle Jésus entra, celle que, suivant l'annonce des Écritures, franchirait éventuellement un prochain envoyé de Dieu. Jérusalem se montre encore plus réfractaire au messianisme que jadis, fermée aux aspirations du judaïsme par un souverain romanisé – Hérode –, puis des empereurs, puis des sultans. Au-dessus des faîtages et des terrasses, le dôme du Rocher brille, tel un diamant, riche, splendide, opulent. Il nous foudroie. L'or imputrescible, cet or qui ne vieillit pas, qui ne rouille pas, qui ne ternit pas, raconte l'éternité, il témoigne d'une autre durée que celle qui nous est impartie, nous, pauvres paquets de chair mêlée de sang, de sorte que l'éclat de cette coupole qui resplendit insolemment sous le soleil, additionné à la pérennité des blocs millénaires, nous fait courber l'échine et nous sentir misérables.

Pour la première fois devant elle, j'ignore si je goûte ou si je déteste Jérusalem. Elle m'impressionne. La disproportion entre ce qu'elle m'évoquait avant que je ne la rencontre et ce qu'elle dégage maintenant me trouble :

en quoi l'amour proclamé par Jésus correspond-il à cette citadelle guerrière, péremptoire, inhospitalière ?

L'apparence de Jérusalem disconvient au sens de Jérusalem. J'entends du bruit, pas de la paix. Je perçois de l'agressivité, pas de la douceur. Je ressens de la méfiance, pas de la confiance.

Pour cette raison peut-être, Jésus tarda à s'y rendre. Enchanté par les merveilles de la nature, il avait préféré les vallées pastorales, la tranquillité du lac, la profusion verte et tendre de la Galilée. Ses atermoiements prouvent qu'il affectionnait son existence agreste, qu'il chérissait le bonheur. À Jérusalem, il savait qu'il n'avait que des coups à recevoir et que seule une mort cruelle l'attendait. Cette cité figurait son contraire. Cependant, afin d'accomplir sa tâche, ne devait-il pas lancer son message depuis le centre de son contraire ? Moutons, hibiscus et bergers nécessitaient moins ses services que les puissants, les riches, les guerriers, les marchands du Temple...

Mon esprit fabule-t-il ? Il me semble qu'une clameur gronde au cœur de l'enceinte, que les toits dissimulent un labyrinthe enfiévré, que des fumées funèbres flottent au sommet des bâtiments, que malgré l'astre à son zénith le jour va tomber très vite... Contrastes, violences, insécurité, la ville grouille de mille retournements, prête à se déchirer. Effet de la réalité ou de mon imagination, Jérusalem est tragique.

Les heures qui suivent, j'éprouve une sorte de malaise. Alors que je m'étais imaginé béat d'admiration face à Jérusalem, je me retrouve confronté à une puissance hostile qui me défie. Plutôt que de l'en tenir coupable, c'est moi que je blâme. Pourquoi cette crainte ?

Nous nous rendons d'abord au cimetière juif, le plus vieux du monde. Partout gisent des coffres de pierres taillées qui, au lieu d'être enfouis sous terre, sont alignés à même le sol sableux ; sur les couvercles, les familles ont déposé des cailloux, jamais de fleurs. Rien ne bouge. C'est un cimetière sans vie. Cent cinquante mille sépultures. Depuis six mille ans. La mort à l'infini. Ce champ de tombes d'un beige uniforme grillé par le feu du soleil, réduit à l'unique dimension minérale, m'incite à visualiser les os qui s'y entassent. Mon cafard empire dès que Guila énumère les malheurs qu'ont endurés ces cadavres, exhumés, déplacés, replacés, encore victimes aujourd'hui de saccages. Selon Zacharie et la tradition hébraïque, ces morts ressusciteront et se relèveront en premier quand le Messie passera au mont des Oliviers avant d'entrer dans Jérusalem. Ici débutera la rédemption. Mon regard coule le long de la muraille dont on a irrévocablement bouché la porte d'accès, puis sur l'immobilité pétrifiée de la nécropole, et je suis pris de doutes…

Pas le temps de méditer sur ce qui m'entoure :

j'ignore pourquoi, mais des gardiens fulminants nous crient de déguerpir.

Nous dévalons le mont jusqu'au jardin de l'Agonie, là où Jésus aurait prié le soir de son arrestation. Autour de la roche où il se serait recueilli, une basilique a été construite, qui, comme de coutume, a, par sa seule présence, détruit la scène évangélique qu'elle prétendait préserver. Cette église de Toutes-les-Nations, édifiée sur les fondations des précédentes, est l'œuvre d'Antonio Barluzzi, inspiré cette fois par le style byzantin. Curieusement, elle n'évoque pas l'agonie, mais une élégance coquette ; sa façade affiche une mosaïque colorée où le doré domine, appuyée sur trois arcs qui déploient une grâce légère, presque insouciante. Le Jésus dessiné semble épanoui, à son aise, remplissant son rôle de médiateur entre les hommes et Dieu. J'avoue que les intentions de Barluzzi se soustraient à mon entendement et que je flaire le contresens. Tant de bâtiments en Terre sainte me font l'effet d'une idée mal rendue... Quand je lis les récits de voyageurs anciens, tels Chateaubriand, Lamartine, Loti, je les jalouse d'avoir foulé des sites vierges.

Lorsque j'y pénètre, mon embarras perdure, amplifié par le déroulement d'une liturgie en brésilien. Le prêtre, les cheveux drus, le teint pain-d'épice, jeune et beau comme un surfeur, roucoule son homélie, transformant l'Évangile en une ravissante symphonie d'oiseaux. Son collègue, prêtre lui aussi, entonne les hymnes tel un chanteur de charme, d'une voix chaude, sensuelle, enjôleuse. Moi qui découvre qu'on peut crooner dans la maison de Dieu, je me délecte. À la fin, l'organiste, un laïc appartenant au groupe brésilien, chemise à manches courtes, longue tignasse retenue par un élastique, lunettes noires, paquet de cigarettes au creux de la poche poitrine, dont l'allure conviendrait aux soirées en boîtes de nuit plutôt qu'aux sacristies, entame un morceau allègre, rythmé, au point que je me figure l'assistance en train de danser avant d'aller rejoindre, nu-pieds, la bande de sable blond qui couvrirait le parvis. La plasticité du christianisme m'émerveille. Cette religion d'origine juive s'est coulée avec succès dans mille territoires, mille histoires, mille cultures diverses. Un instant, j'envisage de me renseigner sur les différents offices programmés à Jérusalem dans les jours prochains : pourquoi ne pas effectuer un tour du monde en quatre-vingts messes ?

Nous délaissons cette basilique de l'Agonie qui porte si mal son nom et Guila désigne des oliviers à bout de sève, supposés prospérer là depuis deux mille ans, et avoir assisté aux pleurs de Jésus. Je me renfrogne de nouveau. Certes, ces troncs noueux, cannelés, étayés, aux racines rétractées, dont l'écorce s'effrite, paraissent avoir vécu, mais mes rudiments de biologie me rendent sceptique et, de toute façon, le cas échéant, je m'en moquerais, car, plus je les considère, plus je les trouve indifférents, muets, sourds à mes questions. Je hausse les épaules.

Aujourd'hui, ce voyage de lieux suspects en témoins incertains m'irrite. Le contact avec Jérusalem ne m'apporte que des désagréments, me heurtant d'autant plus rudement que j'avais accumulé les félicités en Galilée.

Nous reprenons notre routine de pèlerins et retournons au bus, l'échine basse, le pas traînant, en troupeau.

Après un embouteillage sans fin, le véhicule nous débarque au milieu d'un vaste parking souterrain et vide, près de la porte de Jaffa. Des hommes munis de remorques motorisées s'emparent de nos valises afin de les livrer, nous permettant ainsi de marcher, libérés, jusqu'à l'établissement où nous logerons, à l'intérieur de l'antique enceinte.

Franchir la porte de Jaffa me procure du plaisir, je m'introduis au sein d'une cité singulière où subsistent, sous forme de remparts, de citadelles, de chemins de ronde et de maisons ottomanes, des empreintes fortes du passé mêlées à une trépidante activité moderne.

Enfin, sous la bannière du père Henri, nous nous engageons dans d'étroites ruelles dallées, inaccessibles aux voitures. Il s'arrête, lève la tête et agite une cloche. Nous sommes devant le Foyer Mar Maroun où nous prenons pension.

Je reconnais immédiatement des Libanaises en ces religieuses maronites qui nous accueillent. D'ailleurs, au cas où j'hésiterais, un drapeau au faîte de la cour intérieure exhibe un cèdre vert sur fond blanc encadré par des bandes rouges. Séjourner au cœur d'Israël sous un pavillon libanais, voilà qui congédie le banal ! Affalé dans la cour le temps qu'on me fournisse une clé, je ris de cette incongruité, puisque ces deux pays demeurent officiellement en guerre. En contemplant les va-et-vient des sœurs et de leurs hôtes, je me réjouis que le christianisme ait créé des espaces de trêve comme celui-ci.

Une fois ma clé en main, j'empoigne mes bagages et inspecte l'antre de mes nuits à venir. Ma chambre est si petite que si j'ouvre une valise, je n'y circule plus ; le lavabo de la salle de bains ne m'autorise à y poser qu'une brosse à dents et je considère avec perplexité la cabine de douche où je fourrerais à peine un bras.

Bref, mon installation ne dure pas ; découragé, j'évacue ma cellule et m'assois sur un banc du patio. À l'évidence, d'autres ont réagi à l'identique. Un groupe se constitue. Chacun lance des propositions de sortie. J'écoute. Une fatigue physique et mentale m'ôte l'énergie. Tout m'est égal. Adopter une direction ou une décision personnelles outrepasse ma vigueur.

Me voici donc quittant les sœurs du Liban à la suite du groupe, guidé par le père Henri, descendant les rues étriquées, cabossées, de la vieille ville, pour « visiter le Saint-Sépulcre avant qu'il ne ferme ». Mon corps marche sur les talons de mes camarades, mon esprit aussi.

Nous enfilons d'interminables venelles où se serrent des boutiques débordant de tissus, cuirs, coffrets, vêtements, savons, fruits, glaces, pâtisseries, souvenirs, chapelets, icônes, croix, bijoux. Assez vite, je dévie mon regard et fixe mes chaussures car, sitôt que je scrute leurs marchandises, les commerçants se précipitent vers moi, sourire aux lèvres, mains accrocheuses.

Après cette farandole de magasins où flottent des exhalaisons d'épices et d'ambre, nous débouchons sur une place carrée, encombrée de badauds, de pasteurs, de moines, de religieuses, de prêtres catholiques, de popes orthodoxes, ainsi que de chats tigrés nonchalants qui exécutent des toilettages acrobatiques sous l'œil des passants. Impossible de dénicher ailleurs une pareille disparité vestimentaire, entre scouts en bermuda, ecclésiastiques en chasuble, sœurs voilées, jeunes filles en short, femmes moulées dans une robe d'été, couples chics habillés de lin, vacanciers en jeans, tongs, T-shirt. Des grappes de visiteurs piétinent devant l'église du Saint-Sépulcre et bavardent avec entrain comme sous le fronton d'un théâtre un soir de première ; une effervescence les anime qui, malgré les écarts linguistiques, court d'un essaim à l'autre.

Renonçant à me préparer à la découverte du Saint-Sépulcre, je me colle à mon groupe et me coule dans le bâtiment, aussitôt frappé par l'ombre fraîche de son vestibule.

C'est immense, solennel, sombre… Je ne comprends pas où je me trouve, d'autant moins que la foule autour de moi a l'air, elle, de fort bien le savoir : dès l'entrée, certains se jettent au bord d'une plaque rocheuse à fleur de sol pour l'embrasser, la frotter en alternant signes de croix et prières, certains filent à droite vers le caveau de Jésus, d'autres montent un escalier qui s'envole à gauche. Des parfums s'amalgament ou se chevauchent ; les langues se fracassent elles aussi les unes sur les autres, pulvérisées en milliers de chuchotis. Entre la fumée des pieux encensoirs et les tremblements des lampes dévotes, je chancelle, étourdi, désemparé.

Le père Henri nous annonce que, le Sépulcre du Christ étant provisoirement en travaux, il devient inutile d'allonger la file devant la rotonde de calcaire griotte qui le protège, un petit bâtiment à pilastres, étriqué, tarabiscoté, d'allure mesquine, jurant avec la coupole élégante et large de la basilique.

Nous longeons des parois fissurées, graissées par les lampes à huile et les émanations des cierges, où sont accrochés des tableaux fuligineux, des brocarts, des ornements, une multitude d'objets rococo et vains dont la profusion me répulse.

Au hasard, je me règle sur le pas de ceux qui empruntent la suite de marches usées taillées à même le roc. À l'étage supérieur, une queue de taille moyenne s'est formée. Par réflexe, je m'y greffe. Au fur et à mesure qu'elle progresse, j'apprends qu'elle conduit à ce qui reste du Golgotha, l'horrible mont du Crâne, sur lequel on suppliciait les condamnés au temps de Pilate. À l'endroit même où s'achemine notre colonne, affleurerait, sous un autel, le monticule où fut plantée la Croix. Jésus aurait agonisé là.

À distance, je constate, amer, que l'organisation ressemble à celle de la Nativité : les moines accordent à chacun quelques secondes au pied de l'autel, après quoi ils interviennent en pressant le mouvement. Visiblement, le recueillement ou l'émotion des croyants les laissent de marbre ; pour eux, la fluidité de la circulation passe avant la piété.

Que fais-je ici ? La dérision me gagne. Mon esprit voltairien commence à persifler, jugeant ce spectacle aussi navrant que ridicule. Qui remporte la palme du grotesque, le système des moines reproduisant celui d'un parc d'attractions ou la docilité des pèlerins ? D'ailleurs, qu'attendent-ils, ceux-là ? Qu'espèrent ces malheureux ? Supposent-ils qu'ils recevront un bienfait spirituel en s'adonnant à ces simagrées ?

Je trépigne. L'envie de déserter cette mascarade me ronge. Je ne m'estime ni en résonance ni en sympathie avec ceux qui m'encerclent, j'aspire à récupérer ma liberté, ma rationalité, mon autonomie. Maillon de cette chaîne de bigots, moi ? Quelle prison ! Je vais m'extraire de ce rituel imbécile.

Un calcul me retient : puisque je poireaute depuis vingt minutes, autant justifier cette perte de temps en allant au bout de l'expérience. Après tout, j'ai décidé de participer à un pèlerinage… Je l'accomplirai quoi que cela me coûte, en dépit de mes réticences.

Une fois proche du lieu défendu par les moines et convoité par les fidèles, j'observe ceux qui me précèdent afin d'enregistrer le code comportemental – agenouillement, signe de croix, parfois quelques doigts sur la pierre, puis on se redresse.

M'y conformerai-je ? Oui, je jouerai le jeu. Dans cette mauvaise passe, l'hypocrisie et les génuflexions m'offrent la meilleure issue.

Brusquement mon tour.

Je m'agenouille, me penche en avant et…

Et…

Et je suis saisi.

Je respire soudain l'odeur d'un corps.

Je sens subitement, physiquement, tout près de moi, sa chaleur.

Un regard puissant me couvre. Il vient de là.

Je tressaille. Impossible ! Pour me débarrasser de ces impressions, je ferme les yeux, je m'ébroue, j'inspire un bon coup. Vite, reprendre mes esprits.

Je rouvre les paupières. Le regard pèse toujours sur moi, lourd, attentif, tendu dans ma direction, inévitable. L'odeur se précise : frémissante, tiède, elle est bien celle d'un humain, un effluve de chair, de peau, pur, sans parfums artificiels ni arômes contemporains. Et la chaleur émane d'un être qui se tient à quelques centimètres, une personne invisible dont je perçois la vie organique.

Me voici éjecté du rôle que je m'apprêtais à jouer, dissocié de la scène bruyante à laquelle j'appartenais, tandis que mes sens, arrachés au monde ordinaire, s'ouvrent à une autre dimension. Le temps se suspend. Quelque chose m'absorbe. Ou plutôt quelqu'un.

Non ! Inconcevable.

Une nouvelle fois, je me tortille et je nie l'évidence. Au secours !

Mes narines et mes yeux tentent de repérer des causes raisonnables à cette odeur, je hume et je fouille le sol, les murs, les parois. En vain ! Cela ne la rend que plus intensément réelle. Et virile.

Quant à cette chaleur, j'en cherche également la raison, mais mes rejets et mes hésitations exacerbent de façon aiguë la présence du vivant que j'ai l'impression de frôler.

Pour ce qui est du regard posé sur moi, je ne parviens pas à lutter. Il me fige, il m'irradie, il m'ausculte, il me transperce, rien de moi ne lui échappe et pourtant, dans le même temps, il m'enveloppe de bienveillance.

Qu'arrive-t-il ? Plus je me débats contre le phénomène, plus celui-ci s'impose, annihilant toute résistance.

À ma gauche, un moine m'oblige à dégager. Il vocifère en me tapotant l'épaule sans ménagement. Je lui obéis, trop content de fuir ce qui me dépasse.

Sitôt sur mes jambes, je vacille, tremble de tous mes membres, mon cœur s'affole, ma respiration se bloque. Je rassemble mes forces pour m'éloigner de quelques mètres, tourne derrière un gigantesque pilier, l'agrippe puis glisse et m'effondre. À genoux. En larmes. Suffoquant.

À l'intérieur, une phrase répétée en boucle : « Non ! Pas ça ! »

Je suis outré ! Je déteste les surprises, d'emblée j'ai exécré celle-là. Quelque chose est entré en moi par effraction. On m'a violenté.

Peu à peu, les sanglots s'adoucissent. Mon souffle se calme. Les frissons disparaissent. Et tout soudain, je bascule dans la joie.

D'un coup.

Dans la joie, corps et âme.

La joie.

Quoi ? Un cadeau de cette ampleur… Pour moi ?

Pourquoi moi ? Je ne mérite rien de tel.

Pourquoi tant d'amour ?

Je me réfugie au fond d'un coin obscur, dans le retrait d'un pilastre. Le père Henri m'aperçoit de loin, me dévisage, étonné, se demande un instant s'il doit me prêter assistance, puis saisit qu'il faut me laisser seul.

Prostré, je m'abandonne à mon éblouissement.

Je balbutie des remerciements, quoique j'ânonne constamment :

– Pourquoi, mon Dieu ? Pourquoi tant d'amour ?

Quel poids a cet amour ! Je suis incapable de le supporter.

Tant d'amour… Pourquoi ?

Pourquoi tant d'amour ?

Et la réponse fond sur mon cœur en le faisant exploser :

– Par amour.

*

Cela existe-t-il, une nuit sans aucun rêve ?

L'apaisement parfait que je ressens ce matin m'en donne l'impression. Comme si j'avais été dépoussiéré, lavé, rincé de moi-même, débarrassé de mes scories…

Plutôt que par les ténèbres, je suis passé à travers une lumière intense, purifiante.

Je me réveille à l'aurore, aussi vierge que l'aube.

Et je prie.

Je remercie.

*

Au petit déjeuner, pendant que chacun commente sa visite du Saint-Sépulcre, j'écoute, je me tiens à l'écart, refusant de céder à la tentation de la surenchère, et surtout incapable de prendre part à la conversation, faute de trouver les mots pour décrire ce qui m'est arrivé.

Au cœur de mon repli silencieux, je m'aperçois que je ne me souviens plus de ce qui s'est passé après l'apparition au mont du Crâne. Comment suis-je rentré au couvent ? Qu'ai-je mangé ? Où ?

L'essentiel a écrasé l'accidentel.

*

Aujourd'hui, nous mettrons nos pas dans ceux de Jésus, nous arpenterons la Via Dolorosa et reproduirons, station par station, l'horrible trajet auquel on a contraint le Christ, du lieu où il fut jugé jusqu'à celui de sa mort. Le tracé de cet itinéraire s'avère plus symbolique qu'historique, car la ville s'est beaucoup transformée au cours des siècles.

Dès que nous débarquons au couvent de la Flagellation, je crains de ne pas réussir. Accomplir ce chemin de croix pour communier au plus près des souffrances d'un être mythique constitue déjà une épreuve, mais moi, depuis hier, je sais, pour avoir perçu sa présence, pour l'avoir quasiment touché, que nous parlons d'un homme, d'une vraie personne, dont j'ai senti l'odeur et la chaleur, dont le regard m'a embrassé. Hier, il s'est arraché à l'univers des contes et légendes et s'est présenté, charnel, nu, à moi. Depuis hier, il n'est plus reclus dans une histoire ancienne, révolue, mais il est là, bien là, présent, palpitant. Pourquoi me forcer à revivre, pas après pas, le martyre de quelqu'un que j'aime ? Et qui m'aime…

Mon Dieu, pourquoi tant d'amour ? Sans amour, on voguerait avec indifférence sur le lac calme de l'existence. Sans amour, on ne s'attacherait à rien. Sans amour, on ne souffrirait pas.

Première station : la condamnation.

Nous partons du prétoire où Pilate interrogea Jésus, ce fort Antonia maintenant disparu. Grâce à Guila, nous obtenons une clé, traversons une école primaire coranique dont les fenêtres sont couvertes de dessins d'enfants, et rejoignons l'endroit que valident quelques historiens. Parvenu sur ce parvis pavé de dalles, lequel domine l'esplanade des Mosquées, je me sens en terrain connu. J'ai à peine besoin de balayer l'espace des yeux puisque j'ai déjà vécu cette scène, je l'avais décrite dans *L'Évangile selon Pilate.* On soumet à Ponce Pilate le cas d'un prisonnier galiléen condamné par les prêtres du Temple. Seul le préfet possède le pouvoir d'approuver ou de rejeter la sentence de mort qu'a prononcée le tribunal religieux, puis, le cas échéant, de l'exécuter. Pilate accorde plus de prix à sa mission qu'à l'homme qui le dévisage. Peu au fait de la spiritualité juive, il ne comprend pas ce que cet individu raconte. On le lui a livré comme un agitateur qui prétend diriger la Judée et devenir roi ; or celui-ci assure que son royaume n'appartient pas à ce monde. « Qu'est-ce que la vérité ? » s'exclame Pilate. Il n'obtient pas de réponse ; à vrai dire, il ne s'en soucie guère, car il veille d'abord aux intérêts de Rome, appréhendant à chaque instant les rébellions des Hébreux. La vigilance qu'il exerce relève de la politique, pas de la mystique. Pourtant ce magistrat habitué à fréquenter les criminels décèle un innocent en celui qu'on lui amène : l'individu ne proteste pas, ne bredouille pas d'excuses, s'en tient à sa grave conviction. Ébranlé, Pilate renonce à ratifier le verdict du Sanhédrin, il se limitera à une flagellation en public ; cela satisfera les prêtres, assouvira l'appétit de spectacle qui ronge le peuple et épargnera l'homme. Sifflant dans l'air, les lanières piquetées de plomb qui s'abattent sur lui entaillent sa peau. Mais le Galiléen ne joue pas le jeu : au lieu de hurler, de contenter la plèbe en la persuadant qu'il expire un peu plus à chaque claquement du fouet, il se tait et endure. Les soldats redoublent leurs coups sans retenue, ils accélèrent le rythme. De larges estafilades ouvrent la chair, le sang ruisselle. L'impavidité de Jésus frustre la populace qui s'estime flouée devant ce simulacre de châtiment. Pilate redoute que la situation lui échappe et propose alors d'appliquer la coutume de Pâque selon laquelle le préfet de Rome relaxe un détenu. Il donne à choisir entre deux captifs : Jésus ou Barabbas, un brigand qui a volé de nombreuses familles, violé autant de filles. Tandis qu'il ne doutait pas de la réponse, la foule se comporte à l'inverse de sa prévision, elle scande : « Barabbas ! » Les complices du scélérat, dissimulés çà et là parmi l'assemblée, ont réagi avant les disciples de Jésus. Pilate, engagé par sa promesse, n'a plus les mains libres. Il se les lave, publiquement, ostensiblement, réalisant ainsi le geste rituel qui signifie : « Cela ne me regarde plus. »

Deuxième station : la croix.

Le sordide du présent se mêle à l'horreur du passé. Sous ce qui demeure de l'arc triomphal, le père Henri a demandé une croix de bois à traîner. Un marchand de rue lui en a fourni une, mais un autre le dénonce en exigeant qu'il la reprenne parce que lui seul détient l'autorisation d'en louer. Les deux commerçants s'injurient en arabe, Guila s'interpose, le ton monte, les insultes pleuvent, les menaces pointent. L'absurdité de l'altercation me sidère : on se bat autour d'un instrument de torture, nous pour nous en procurer un, les loueurs pour fourguer le leur. Finalement, le père Henri, scandalisé, rend la croix, décide que nous nous en dispenserons. Nous voilà repartis avec, à nos trousses, le loueur officiel qui nous supplie de prendre la sienne en baissant son prix tous les cinq mètres.

C'est Fabrice qui devait transporter cette croix, et l'aplomb de ce garçon m'a impressionné. Jeune, robuste, grand, le plus sportif d'entre nous, il avait toisé avec inquiétude cette masse qu'on lui tendait, avait chancelé de surprise quand il l'avait appuyée contre lui, s'était résolu à la mettre sur son dos. J'avais failli intervenir, expliquer que Jésus n'avait jamais trimballé une croix complète, qu'il n'en avait charrié que la poutre supérieure, horizontale, le *patibulum*, lequel avait été ensuite placé dans une entaille en haut du poteau, le *stipes*, préalablement planté en terre. Jésus portait deux accessoires de sa défaite, la couronne d'épines et la croix. La couronne d'épines moquait sa prétention à régner. Quant à la croix, un raffinement de brutalité obligeait les condamnés, les avant-bras unis au bois par des cordes, à apporter eux-mêmes sur le lieu d'exécution l'outillage nécessaire pour les torturer et les tuer. Sans doute un des profonds mystères de l'humanité reste, à mes yeux, l'ingéniosité de sa cruauté.

Comment as-tu supporté cette honte, Jésus, et surtout maintenu contre ta nuque à vif, en équilibre sur tes omoplates blessées, ce fardeau de quarante kilos ? Innocent, tu as subi la violence de l'injustice, les crachats de la haine, tu viens d'essuyer des coups de fouet, tu saignes, tu crèves de faim, de soif, et il faut encore que tu te montres plus vigoureux que les êtres libres en bonne santé qui t'entourent. Tu ne te rebelles pas, tu reçois le bois lourd, rugueux, on le fixe sur tes épaules. Où trouves-tu la force ? Est-ce l'orgueil qui te permet d'endosser la poutre ? La détermination ? L'énergie du désespoir ? Hâtes-tu les choses pour que cet atroce épisode cesse au plus vite ? Ou bien as-tu déniché, sous ce qui paraît un échec, le ressort d'une victoire ? Tu dois mourir supplicié afin de triompher. « Si je sauve ma vie, je vais la perdre. En revanche, si je la perds, je la gagne. » Peut-être puises-tu là ton ardeur, dans l'ivresse du vainqueur, dans la prémonition de la gloire… En ce moment, bien que tu ressembles à des milliers d'autres condamnés lâchés quelque part entre l'Empire romain et l'Empire perse, tu sais cette confusion provisoire. Tu portes la croix du salut, du tien et du nôtre.

Troisième station : Jésus s'effondre sous la charge.

Nous nous alignons le long d'un mur, près d'une chapelle de l'Église arménienne, nous récitons une prière. Toi, qu'as-tu murmuré ? As-tu été déçu par toi-même ? Tes genoux ont cogné la pierre, tes mains souillées à cause de la sueur et du sang ont glissé sur les pavés graissés par les ordures et les excréments. Personne ne te secourt. Les soldats te crient sèchement de te remettre debout. Ils te jugent faible, débile, minable, et tu leur donnes raison. Tu te redresses avec le *patibulum*. Le bois, ça te connaît, tu l'as tant travaillé auprès de ton père, tu as tant dégauchi de planches à l'atelier. D'ailleurs, celui-là, il te paraît mal raboté, l'ouvrier ne l'a pas épluché comme un fruit. En même temps, quel menuisier aurait envie de se surpasser pour un instrument de torture et de mort ? Il préfère fabriquer des berceaux. Franchement, en te retrempant dans tes souvenirs et en ignorant les plaies qui brûlent ta peau, tu y arriveras. Tomber, c'est laid. Se relever, c'est beau. Tu y parviens.

Le temps de quelques enjambées, tu te réjouis. Tu n'as pas flanché. On ne prouve son courage qu'en surmontant les difficultés. Tu penses que tu résisteras jusqu'au mont du Crâne.

Quatrième station : Jésus rencontre sa mère.

Ça, tu ne l'attendais pas. Tant de gens circulent ici.

Pourquoi a-t-il fallu qu'à cet instant tu tournes la tête et que tu la voies, elle ? Celle que tu aimes depuis le premier jour se tient à ce carrefour, pétrifiée, les yeux démesurément ouverts. En une seconde, tu perçois son regard. Quoi ? Est-ce pour en arriver là qu'elle a donné la vie ? Cette mère peut-elle tolérer que la chair de sa chair soit déchirée par le cuir du fouet et les pointes de plomb, que son garçon saigne, sue, souffre en public ? Est-ce pour en arriver là qu'elle a œuvré durant trente ans ? Lui a-t-elle appris à marcher pour le voir trébucher sous une poutre à laquelle il sera cloué ? L'a-t-elle éduqué à se comporter dignement, à prêter confiance aux hommes pour qu'il essuie l'humiliation, reçoive des sarcasmes, des glaviots, des tortures infamantes ? Est-ce pour en arriver là qu'elle a veillé des nuits tandis qu'il frissonnait de fièvre, qu'elle l'a couvert de couches de laine en hiver, qu'elle l'a soigné sitôt qu'il se blessait les mains avec les outils dans l'atelier de son père ? Lui a-t-elle enseigné à peigner ses cheveux, les lui a-t-elle coupés jusqu'à ces derniers mois à seule fin qu'on lui plante une couronne d'épines sur le crâne ? Est-ce pour en arriver là qu'elle a balayé les critiques face à ceux qui se moquaient d'elle, de son amour trop fier ? Dans le but que tout soit défait, bafoué, saccagé ? Que son aîné, son fils chéri, son grand homme soit réduit à cette épave ? Elle s'affole. Bien sûr, à l'instar de toutes les mères, elle savait qu'un jour son enfant lui aussi quitterait ce monde, c'est dans l'ordre des choses, mais elle désirait que cela se produise tard, très tard, qu'il parte longtemps après elle, qu'il devienne un honorable vieillard qui s'éteindrait doucement chez lui, dans la paix du foyer, entouré des siens. Un glaive a brisé ce rêve. Son fils va périr sous ses yeux dans quelques instants. Jamais elle ne s'est trouvée si faible, si impuissante, si violentée. Si l'on pouvait mourir sous le coup du chagrin, elle rendrait l'âme là, sur place. Malheureusement, on n'en crève pas comme ça, du chagrin, il empoisse l'existence. Marie endure le martyre.

Et toi, Jésus, quel sentiment te noue la gorge ? « Voilà comment je récompense ma mère ! Je lui inflige l'horreur suprême, je l'accable de la plus épouvantable douleur. Elle, davantage mère qu'amante, je détruis son œuvre, sa vocation, sa force, son orgueil, sa joie. Bien que les pleurs de quiconque m'anéantissent, je résiste encore moins aux larmes de ma mère. Mon Dieu, pourquoi m'y obliges-tu ? »

Alors Jésus serre les dents et se détourne, sinon il succomberait à la honte. Lui qui a continûment exalté l'amour, il doit remiser le plus beau de tous, celui qu'il voue à sa mère. Il se coupe d'elle, la chasse de ses pensées, continue seul son chemin. Durant quelques mètres, il réussit même à allonger ses foulées : échapper à Marie, feindre de ne pas l'avoir remarquée. Pourtant, en son for intérieur, coincé, emprisonné dans la mission héroïque dont l'adulte se juge investi, demeure un petit enfant qui crie, qui pleure, qui voudrait rassurer sa mère.

Ta peau cuit. Tu titubes. Tes épaules suintent. Tes yeux secs brûlent malgré les gouttes de sueur ensanglantée qui ravagent ta face. Ton cœur, surtout, bat trop fort, trop vite, un tambour qui sonne le glas, toujours plus fort, toujours plus vite. Tu t'étales sur les pavés.

Cette fois, tu le devines, tu ne te relèveras pas. Ni pour fuir ta mère ni pour rejoindre ton Père. Aucune force. Tu ne peux plus prendre part à ce qui t'arrive. Les soldats gueulent. Les commerçants ricanent en hochant la tête. Certains badauds s'agenouillent pour saluer ironiquement le « Roi des Juifs » puisqu'une pancarte accrochée à ton cou annonce ce titre. D'autres déambulent, indifférents. Personne ne t'aide.

Cinquième station : un homme de Cyrène, Simon, secourt Jésus.

Nous nous plaquons contre un mur et prions. Une femme voilée descend la rue ; quoiqu'elle ait assez de place pour passer à côté de notre groupe, elle s'arrête devant nous, butée, car il est hors de question qu'elle dévie de son chemin habituel, celui qu'elle emprunte tous les jours. Plutôt que de concéder un pas de côté, elle s'obstine, tête baissée, sûre de sa légitimité, escomptant que vingt-cinq personnes absorbées dans un rituel de piété s'ôtent de sa route. L'un de nous cède, puis un deuxième, puis tout le monde : elle reprend sa marche, sans nous remercier ni nous accorder le moindre regard, libérée de notre présence parasitaire. J'éprouve une bouffée de haine. L'indifférence aux autres me paraît une forme aiguë de la violence.

Et toi, Jésus, les soldats t'ont injurié, t'ont donné des coups, ainsi qu'ils brutaliseraient un âne ou un chameau pour qu'ils avancent. En vain. Ta volonté avorte. Soulever ton corps alourdi de quarante kilos de bois, tes muscles y échouent. Surgit alors un paysan qui revient des champs. Il t'a aperçu, il ne te connaît pas, il te suppose sans doute justement condamné, mais, derrière le criminel, il est ému par un homme à bout de forces. Il suggère de récupérer ta croix et de la porter. Les soldats acceptent, d'autant plus aisément que, sinon, cette corvée leur échoirait. On dénoue les cordes, Simon de Cyrène s'empare de la poutre, elle barre ses épaules sans qu'on l'y attache. Tu te relèves.

Brusquement, dans mon imagination, tu te retournes vers moi, Jésus, et tu me demandes : « Et toi, veux-tu m'aider à porter ma croix ? » Que suis-je capable de répondre ? Le problème de toute une vie…

Le colosse progresse à tes côtés. De lui émanent la douceur, la gentillesse des géants musculeux qui n'ont rien à prouver. Tu reprends ta respiration. Pas uniquement parce que cette poutre ne t'écrase plus. Tu te sens moins seul. Tu n'es plus abandonné de tous. De temps en temps, le colosse soupire et gémit avec bruit, histoire de te laisser entendre que la poutre pèse très lourd. Il te redonne un peu d'estime pour toi-même en te soufflant que tu n'as pas failli. Quelle délicatesse…

Les rues se resserrent. Une femme se faufile à côté du cortège, monte la pente auprès de vous, s'efforce de se frayer un chemin.

Sixième station : Véronique.

Tu ne l'as jamais croisée. Elle tente d'éviter les soldats afin de s'approcher. Ils la repoussent. Peu importe, elle change de côté, se précipite vers toi et t'essuie le visage avec son foulard. Le frôlement de sa main se révèle aussi furtif que tendre. Elle t'adresse un bon regard, l'air de dire : « Maintenant, tu n'es plus misérable, tu n'es plus méconnaissable, te voilà redevenu beau. » Cette fois, les soldats ni ne l'écartent ni ne l'insultent ; elle rayonne d'une telle miséricorde qu'ils s'abstiennent.

Nous nous immobilisons quelques instants devant l'église de Sainte-Véronique qui en préserve la mémoire, restaurée par Antonio Barluzzi. Nul indice historique ne procure une certification de son positionnement, juste des traditions tardives, et je ne donne aucun crédit à la légende prétendant que le visage du Christ s'imprima de manière indélébile sur le foulard de Véronique. Cependant, nous célébrons un geste d'universelle sollicitude, pas le lieu, qui relève de l'anecdotique. Ensuite nous gravissons le chemin de calvaire en chantant. Un commerçant musulman, sortant de son magasin de burnous, robes, djellabas, nous offre à boire. Gratuitement. Humblement. Il n'exige rien en retour. Un sourire, un remerciement constitueront son salaire. Il nous contemple avec bienveillance. Notre Véronique…

Après le secours de cette femme inconnue, tu déniches en toi un résidu de force et avances. Comme la survenue de Simon et de Véronique vient de le démontrer, même dans le malheur on fait des rencontres. Subitement tu distingues en eux des cadeaux que ton Père t'envoie, ultimes marques d'encouragement. À côté des humains qui haïssent et vocifèrent, il y a ceux qui aiment et qui secourent. Tu saisis mieux ta mission. Pour eux tous, tu seras tué. Pas que pour les salauds, également pour les saints. D'ailleurs, tous alternent le pire et le meilleur, ils sautent d'un rôle à l'autre. Personne n'est bon exhaustivement ni méchant volontairement. Tout le monde croit bien agir, y compris les soldats qui te mènent à la mort. Prends les péchés des humains sur toi, sacrifie-toi pour eux, sauve-les.

Septième station : Jésus chute de nouveau.

À l'angle de la pittoresque rue du Marché, une vive irritation nerveuse me surprend et complique ma progression. La réalité me prodigue trop de sensations, mon imagination un excès d'images. À force de cheminer écartelé entre deux millénaires, hier et aujourd'hui, je perds moi aussi l'équilibre. Devant une chapelle franciscaine, en dépit des compagnons qui m'encadrent, du père Henri qui nous guide, je sombre dans une détresse qui m'inquiète, non loin de l'effroi. Nous récitons un Notre Père.

Toi, Jésus, ton corps ne t'écoute plus, il abandonne la partie, il ne te conduira pas jusqu'au bout de ton destin. Voilà pourtant ce que demande l'Incarnation : accorder sa confiance à un paquet de chair, d'os, de sang, qui obéit à ses propres lois, étanche à la volonté. Pour que l'homme que tu es devienne le Dieu que tu es, il te faut redresser cette carcasse, malgré les crampes, les spasmes, les élancements. Tu y parviens.

Vous ne gagnez pas directement le lieu de l'exécution. Les soldats t'obligent à faire des tours et des détours. Ils ont prévu pour toi un petit défilé dans Jérusalem… Le but ? Effrayer. Donner l'exemple. Déployer la force de Rome. Divertir les citoyens friands d'événements.

Huitième station : Jésus apostrophe les femmes de Jérusalem.

Nous nous arrêtons sous la courte croix sculptée, noircie par les siècles, posée à même le mur d'un monastère grec orthodoxe. Là, Jésus, tu rencontres celles qui tambourinent contre leur poitrine, gémissent et versent des larmes, les pleureuses. Selon la tradition, leurs lamentations accompagnent la procession des condamnés, une manifestation bruyante, tapageuse, ostentatoire de la pitié. Tu ne veux pas de cette routine préfunéraire et retournes la situation : « Filles de Jérusalem, ne pleurez pas sur moi, pleurez sur vous et vos enfants ! » On croirait que tu les rabroues durement, ces femmes bien intentionnées qui ont créé une communauté charitable. Ce n'est pourtant pas le cas. Malgré ton épuisement, tu leur délivres un enseignement décisif. Tu leur parles d'elles, pas de toi : « Veillez sur vous-mêmes avant de veiller sur autrui. Déplacez vos émotions. Ne vous fixez pas sur le mal qu'on me fait, repérez plutôt celui que vous commettez, vos omissions, vos négligences, vos ignorances, vos inattentions, vos entêtements. Je vous appelle à la conversion, pas à la commisération. Que votre cœur ne se consume pas en déplorations. Abandonnez les larmoiements stériles. Si moi j'entre dans la mort, entrez, vous, dans une vie nouvelle. Faites en sorte que la cruauté soit bannie, la justice réalisée. Je ne désire pas des femmes qui pleurent, mais qui croient et qui agissent. » Quelle noblesse ! Tu t'inquiètes pour elles davantage que pour toi. Tu réveilles leurs forces, alors que toi, tu en manques.

Neuvième station : Jésus chute de nouveau.

Nous nous massons sous le contrefort de la chapelle copte dédiée à sainte Hélène et psalmodions une prière, après la lecture de l'Évangile.

Tu as atteint l'extrême détresse, le point culminant de ta fatigue, sans pour autant avoir atteint le bout du chemin. Tentes-tu de te relever ? Gisant sur le sol, tu envoies un signe aux générations qui suivront : aimez celui qui tombe. Au lieu de vous en détourner pour conjurer le sort, avisez l'essentiel, ne passez pas à côté de ce qu'il témoigne : la faiblesse définit l'humanité, l'oubli de la faiblesse engendre l'inhumanité. Ta troisième défaillance proclame ce message-là. T'avoues-tu définitivement vaincu ? Aucune chute n'est la dernière. Tu te relèves.

Les cinq stations finales ont lieu dans la basilique du Saint-Sépulcre. Je refuse d'y pénétrer. Oui, j'ai honte, oui, je le regrette, oui, je me reproche ma lâcheté. Alors que tu as vécu ce calvaire avec courage, je n'ai même pas le cran d'y penser. N'en déplaise à mon orgueil, je reconnais mes limites et me choisis un coin sur la place carrée où marchent, courent, s'interpellent touristes, prêtres, pèlerins. Glissant jusqu'aux dalles, dos contre une paroi, jambes en tailleur, près d'une chatte aux rayures rousses qui somnole, j'ouvre ce carnet et saisis mon stylo afin de me doter d'une contenance. Puis je ferme les yeux, exténué.

Pas de chance ! Les paupières closes, je vois tout. Nul répit ! Me voici sur le mont du Crâne, au pied de trois mâts fichés dans la terre. On te déshabille. Cet acharnement appartient aux rituels de l'humiliation. Devant ta chair découverte, certains s'esclaffent ; ils rient par gêne, ils rient par crainte, ils rient pour prendre le parti du plus fort. Toi qui tout à l'heure avais la peau brûlée par la douleur, tu te sens subitement glacé. Ton premier réflexe consiste à couvrir ton sexe. Or tu te retiens au dernier instant. Tu les embarrasseras davantage en ne te dissimulant pas, tu leur feras mieux mesurer l'indécence de leur conduite en sacrifiant ta pudeur. Te voilà nu pour ton départ de ce monde ainsi que tu le fus à ton arrivée. Nu, chaque humain l'est dans les moments fondamentaux, naissance, amour, mort. Ce qui choque, ce n'est pas la nudité, c'est qu'elle soit contrainte. Soudain, ta nudité échappe à la honte, s'affiche, défie les regards, ceux des privilégiés, ceux des camouflés, les tricheurs, les pseudo-puissants qui s'affublent de parures, de toges, de cuirasses ; ta nudité met à nu les mascarades, elle démasque la vanité comme les usurpations ; tout à coup, ce sont eux qui sont nus. Leur dignité part en lambeaux devant celui qu'ils ont dévêtu. Ils deviennent obscènes.

On presse le mouvement. Les soldats reprennent la poutre à Simon le Cyrénéen, te couchent dessus, bras écartés, puis ils t'y clouent. Avec leurs masses, ils enfoncent les rivets entre les os de l'avant-bras, en amont du poignet, car s'ils les fichaient au milieu des mains, elles se déchireraient et ils devraient recommencer.

Avant de monter le *patibulum* sur le pieu central, le chef te propose de boire une drogue, un mauvais vin auquel on a ajouté de la myrrhe, un anesthésiant qui endort. Tu le rejettes. Tu tiens à demeurer lucide jusqu'au bout car on ne meurt qu'une fois. De surcroît, tu devines trop bien pourquoi on te tend cette gourde : les soldats s'assurent ainsi que les suppliciés ne braillent pas excessivement, ce qui leur permet de jouer en paix aux cartes ou aux osselets sous la croix, voire de rentrer tôt à la caserne. En effet, le crucifié ne décède ni de ses blessures ni d'hémorragie, mais d'une lente asphyxie. Tant qu'il reste assez vif pour se maintenir redressé, il tient le coup. La drogue a l'avantage de le plonger dans une torpeur qui hâte l'étouffement, donc la fin. Sinon, cela peut traîner deux jours.

Les soldats hissent maintenant la barre en haut du mât de sorte que le pilier et la poutre forment un T. Au-dessus de ta tête, ils raccrochent la pancarte où est inscrit en trois langues, latin, hébreu, grec, le titre de ta condamnation : « Roi des Juifs ». Enfin, ils te ramènent les pieds l'un sur l'autre et les percent en plantant jusqu'au bois un clou qui les maintient. Tu te mords les joues afin de ne pas hurler.

Une fois juché là-haut, tu tangues, tu subis mille tortures. Pas abattu au point de ne plus souffrir, tu endures la soif, la faim, l'inconfort, le déséquilibre, les brûlures, les tiraillements, les ulcérations, les lancinements aigus, la difficulté à respirer, le sang qui coule, la douleur causée par les marteaux qui ont brisé tes os, déchiré tes muscles et tes tendons. On ne t'inflige pas une exécution, mais un supplice. Les éminents sages qui ont inventé cette punition ont souhaité, à l'opposé des soldats, que l'agonie dure le plus longtemps possible.

Ah, on ne se débarrasse pas de toi en douce ! Au contraire, nous sommes au théâtre : le monticule constitue une scène, ce qui l'entoure supplée aux gradins. Il y a assez d'espace pour qu'une foultitude de curieux s'y entasse.

Les quolibets fusent. « Roi de quoi ? Imposteur ! Il aurait sauvé des gens alors qu'il n'est même pas capable de se sauver lui-même. Sale menteur ! » Tu leur réponds en t'adressant à Dieu : « Père, pardonne-leur, car ils ne savent pas ce qu'ils font. » Nonobstant toutes les violences, tu réaffirmes ta miséricorde en estimant que tu n'as des ennemis que par malentendu.

Tu tressailles, tu as cru que la croix était en train de s'écrouler. À cette seconde, tu aperçois ta mère et ton disciple préféré. Marie, blême, regarde son fils, le corps de son fils cloué tel celui d'un corbeau sur la porte d'une grange. Quant au disciple préféré, ses prunelles brillent.

« L'humanité de mon Dieu n'est donc pas un simulacre », juge-t-il, admiratif et rassuré, tandis que tes autres compagnons, enfuis, absents, qui t'ont renié, qui se sont cachés, qui craignent pour leurs jours, songent à l'inverse : « Sa divinité n'était donc qu'un simulacre. »

Ton corps pèse sur tes pieds blessés, tes poignets cloués ne parviennent plus à te tirer, ton thorax s'affaisse, la pression t'étouffe, tes poumons s'écrasent sous ton poids.

Alors tu conclus que tout s'achève, tu renonces volontairement à ta volonté, tu te fies au plan divin et tu remets ton esprit à Dieu.

Silence. Un grand cri. Ta tête bascule sur ton épaule.

Francis frappe dans ses paumes. Je sursaute. La place ensoleillée m'éblouit. Je considère le visage amusé du gaillard réunionnais penché vers moi. Il m'invite à rejoindre notre groupe qui, après une copieuse attente, accède enfin au tombeau.

Je le suis. Au fond, la situation se simplifie. Pour toi comme pour moi. Moi j'obéis. Toi, tu t'abandonnes à des mains expertes.

Joseph d'Arimathie se précipite chez Pilate. Il file à travers les rues pendant que les ombres s'allongent et que partout s'allument les lanternes du sabbat. Il demande au préfet de récupérer ta dépouille pour l'emporter dans un caveau qu'il possède. Il répète, bien sûr, l'interdit biblique d'exposer le cadavre d'un condamné au soleil couché. D'ordinaire, Pilate n'a cure des coutumes juives, mais aujourd'hui, puisque la Pâque a attiré des milliers de Juifs à Jérusalem, il redoute qu'un refus excite les foules. L'ordre public d'abord ! Il accepte. Cette fois, exceptionnellement, on ne laissera pas en pâture aux charognards les carcasses clouées pendant des semaines. Tant pis pour les vautours.

On te décroche du gibet. Un épisode se clôt. Fini le temps du sang, de la sueur, des larmes. Le linceul les absorbe. Marie et Joseph d'Arimathie s'occupent de toi. Quoiqu'elle frémisse en palpant ce corps froid, raide, muet, qu'elle ne connaît pas, ta mère est fermement décidée à te confier à une autre mère, la terre. Elle esquisse un sourire en observant celui qui l'aide : tu seras passé d'un Joseph à un autre Joseph. Le premier t'avait accueilli sur la paille de l'étable, le second te dépose sur le marbre du tombeau.

Je me faufile jusqu'au cœur du Saint-Sépulcre. Tiens, curieux, l'antre est éclairé par des lampes d'or et d'argent, alors que je l'imaginais plongé dans les ténèbres. Je ne te vois pas. Toi non plus tu ne voyais rien. Ta pierre tombale n'apparaît pas, recouverte d'un sarcophage blanc qui dissimule le rocher. Ici, on ne montre rien, on cache. Je rends visite à une absence. Les parfums qui tournoient dans l'air tiède m'ensuquent, la lassitude m'étourdit, j'ai l'impression de culbuter dans un trou noir.

La mort n'est pas vaincue, c'est elle qui a gagné.

Ce soir, le néant est une conclusion.

Ce soir, le néant est la conclusion.

*

Ce matin je constate que se produit le même phénomène que le lendemain de ma première visite au Saint-Sépulcre : je ne me rappelle plus rien de ce que j'ai fait après avoir touché le tombeau.

J'ai dû agir par capillarité, m'agréger au groupe, suivre le mouvement, revenir ici, m'asseoir, dîner, dormir. Au bord du lit, mon corps craque de part en part. Ma nuque grince, mes genoux claquent, mes tibias se rebiffent, mes épaules se bloquent, mes reins picotent. Moi qui d'ordinaire peux compter sur ma carcasse, une monture fiable, j'ai l'impression qu'on m'a cassé, concassé.

Le père Henri sonne le rappel. Nous grimpons dans le bus.

*

Emmaüs… Jamais je n'ai senti ce soulagement. J'y arrive sombre, épuisé, inquiet ; j'en repars heureux, une lumière dans le cœur.

Cette lumière d'un matin si doux, elle est d'abord celle du soleil qui dore le paysage et sculpte les ombres du jardin. Elle est ensuite celle de la résurrection.

En tant que pèlerins, nous avions le choix entre cinq localisations : Amwâs, Al-Qubaybah, Mozah, Béthel, Abou-Gosh. Notre guide a opté pour cette dernière, ainsi qu'au XIIe siècle avaient fait les croisés qui y construisirent une église romane, puis au XXe siècle les bénédictins qui y édifièrent un monastère, devenu récemment l'abbaye Sainte-Marie-de-la-Résurrection. Cette bourgade, située à dix kilomètres de Jérusalem, correspond aux deux heures de marche notifiées dans l'Évangile de Luc.

On se souvient de l'histoire : Cléophas et son compagnon quittent Jérusalem pour se rendre au village d'Emmaüs. Remplis de chagrin et d'amertume, ils se remémorent ce qui est arrivé à Jésus, exécuté trois jours auparavant, dont le cadavre aurait bizarrement disparu du tombeau. Qui l'a volé ? Pourquoi ? Comment celui qu'ils croyaient le Fils de Dieu a-t-il pu à ce point manquer de puissance et subir, tel un vulgaire mortel, le supplice de la crucifixion ? Un homme s'approche. Il prend part à la conversation. Les trois marcheurs cheminent ensemble et décident de dîner dans une auberge. L'inconnu donne alors son avis sur les agissements de Jésus, explique à quel point, selon lui, ce Jésus accomplissait les Écritures, réalisant point par point les annonces des prophètes, notamment celles d'Élie. Brusquement, les deux pèlerins, abasourdis, reconnaissent Jésus. À peine ont-ils identifié le Messie qu'il s'éclipse. Dès le lendemain, les témoins d'Emmaüs courent crier dans tout Jérusalem que Jésus est ressuscité.

Ce jour-là, les Juifs passent de la tristesse à la joie, de l'attente à la satisfaction. Le christianisme est né.

Voilà bien ce que me raconte le parc d'Abou-Gosh. C'est un jardin d'Orient, profus, riche, bigarré, de composition variée, où des palmiers géants, entre les bougainvilliers pourpres, cherchent le ciel en s'élançant au-dessus des buissons épanouis tandis que des lierres, des vignes, des chèvrefeuilles dégoulinent le long des murs. Au sol piqueté de fleurs couleur de feu, orange, jaunes, rouges, s'étalent des plantes grasses, étranges, baroques, aux formes incongrues, œuvres d'une nature inventive, prospérant avec fantaisie, voire un brin de folie. L'haleine végétale qui rafraîchit les promeneurs véhicule un parfum d'espérance. Tant de beauté lave le cœur.

Alors que septembre s'achève, je me retrouve au printemps. La chaleur nie l'automne et sa décrépitude. La vie éclate en verdeur, en saine santé, en exubérance. Tout vibre, renaît, se régénère.

Résurrection…

*

L'athée est celui qui croit en la mort, il y voit le néant. Le chrétien est celui qui croit en la vie dont il attend qu'elle triomphe du néant.

Tout relève de la croyance quand il s'agit d'appréhender ce que nous ignorons.

*

Le roc dissimulé au cœur du Saint-Sépulcre ? La vérité reste enfouie dans les profondeurs. Cette tombe est le berceau d'un monde nouveau.

*

L'après-midi, nous allons au mont Sion voir le Cénacle, une salle considérée comme celle où eut lieu le dernier repas de Jésus et des apôtres, le Jeudi saint avant la Pâque juive.

J'avoue entretenir un rapport singulier avec la Cène, car, pour une raison dont mes parents ont emporté le secret, une reproduction de la fresque peinte par Vinci était accrochée dans le bureau de mon père, juste au-dessus du piano droit. Combien de milliers d'heures ai-je consacrées à mes gammes et à mes études de Czerny en face de cette image ? Si bien qu'à peine suis-je entré dans ce réfectoire, ma mémoire projette les treize figures sur ses parois.

L'espace calme, clair, se montre hospitalier. En haut d'un chapiteau, je découvre la représentation de Jésus que je préfère, le Christ pélican. Il m'émeut. Le tendre oiseau nourrit ses petits avec sa chair et son sang. Saint Augustin, le premier, rapprocha Jésus du généreux volatile restaurant ses enfants dans son jabot. Le choix d'un animal mystique, sacrificiel, pour symboliser le sommet de l'amour – ne consiste-t-il pas à livrer sa vie pour les autres ? – acquit une forte popularité au Moyen Âge. Au fil des siècles, la référence s'estompa, bien que le poète romantique Alfred de Musset s'en fît l'écho :

Le sang coule à longs flots de sa poitrine ouverte ;
En vain il a des mers fouillé la profondeur
L'océan était vide et la plage déserte ;
Pour toute nourriture, il apporte son cœur.

Assis sous la colonne dont le chapiteau sculpté porte l'oiseau alimentant deux oisillons affamés, je songe à l'Eucharistie dont l'apparition se produisit ici. Depuis le début de mon voyage, elle a gagné une importance essentielle ; à ma propre surprise, chaque jour je me languis de ce partage, je me précipite avec avidité sur l'hostie, la reçois gravement, ainsi que la bénédiction du prêtre, et l'avale en laissant ma pensée se spiritualiser. Aucun rite ne déploie désormais davantage de sens à mes yeux.

Délaissant le pélican, je médite sur le tableau de Vinci, aussi présent à ma mémoire que si je me tenais face à lui. Je l'admire pour sa composition, ses teintes, sa grâce, mais surtout son interprétation qui met l'accent sur trois mystères.

D'abord, la sérénité du Jésus. Il vient pourtant d'annoncer que l'un des disciples le trahira, causera son arrestation, sera l'artisan de sa mort. À l'évidence, Jésus assume parfaitement l'issue dramatique qui l'attend, il l'estime nécessaire et reste pour l'instant épargné par la peur, la douleur ou le doute.

Ensuite, l'insolite allure d'un disciple assis à sa droite. Est-ce un homme ? Une femme ? Un ange ? Un androgyne, à coup sûr ! Je suis persuadé que Léonard de Vinci représente celui que l'Évangile définit comme « le disciple bien-aimé ». À la différence des autres, concrets, caractérisés, presque grossiers, il n'est pas croqué d'un trait réaliste, mais idéalisé, sans doute parce qu'il incarne ce que l'on devient lorsque l'on adore Jésus.

Enfin, un homme à l'écart ne marque pas de réaction. Puisque Jésus vient de déclarer aux apôtres que l'un d'eux provoquerait sa capture et sa fin prochaine, tous protestent de leur bonne foi en assurant que jamais, au grand jamais, ils ne le trahiront. Ils l'apostrophent, prennent des mines offusquées, agitent les mains, froncent les sourcils, se lèvent pour frapper la table du poing. En fait, piètres acteurs, ils en font trop. Judas seul garde son calme. Ce n'est pas parce que, sournois, il s'apprêterait à le renier, mais parce qu'il a compris, lui. Même l'androgyne chéri n'y a vu goutte… Jésus a demandé à Judas de le dénoncer. Il a exigé de lui ce sacrifice, le sacrifice de sa réputation, le sacrifice de son intégrité, lui, l'intellectuel, l'instruit, le spécialiste des Écritures, le trésorier qui gère les soucis financiers du groupe. Judas serre justement une bourse entre ses doigts : de l'argent, il en possède déjà ! Jamais il ne se serait résolu à fauter pour quelques pièces, ainsi qu'on le prétendra durant des siècles. Il le fera par amour.

Tant d'amour, encore ! Tant d'amour dans ce mâle rude à l'attitude ramassée qui ne participe pas aux jérémiades, aux braillements et aux pleurnicheries indignées, ce robuste individu qui, s'il dissimulait un salaud, se démasquerait sottement par son étonnante apathie. Il a reçu l'ordre de Jésus. Une injonction qui l'anéantit.

Dans *L'Évangile selon Pilate*, j'avais poussé jusqu'au bout ma lecture de la Cène : deux sacrifices sont au fondement du christianisme, celui de Judas, celui de Jésus.

Par là, j'avais à cœur de couper le mal à la racine, une des causes de l'antisémitisme chrétien : désigner en

Judas le Juif vénal capable du pire contre trente deniers.

La visite prend fin. Avant de quitter le Cénacle, j'adresse un salut au Christ pélican qui sustente ses enfants et je lui promets de prier ce soir pour Judas en célébrant l'eucharistie.

*

Aube difficile. Je n'ai jamais traversé une nuit aussi atroce.

Je me suis tourné et retourné au creux de mon lit, comme une broche sur le gril. Dès que je m'assoupissais, un rêve m'emmenait vers une partie de mon passé où je m'étais mal comporté à l'égard d'autrui. Chaque fois, je me réveillais afin de fuir le cauchemar, mais cela avait pour effet de l'inscrire dans mon esprit. Puis je me rendormais et j'explorais une nouvelle zone obscure de ma vie. Pendant les moments de veille, des mots se mettaient sur ce que j'avais tâché d'occulter au cours des années, le registre de mes fautes s'écrivait. Oh, le mal, je ne l'ai jamais voulu, jamais désiré, je n'ai même pas eu conscience de le commettre, seulement le résultat s'apparente à ce qui serait arrivé si un démon malin m'avait habité : j'ai fait souffrir, souvent par négligence, parfois par ignorance, plus rarement quand, à la croisée des chemins, je ne pouvais tragiquement choisir qu'entre deux solutions nocives.

Ces heures pénibles constituent la contrepartie aiguë et douloureuse du cadeau reçu au Saint-Sépulcre. Après qu'il me fut donné l'assurance que Jésus me parlait, j'obtiens maintenant la terrible confirmation que j'ai péché à maintes reprises.

Une nuit comme une prémonition de l'enfer.

Je commence donc la journée par une longue explication avec Dieu, suivie d'une interminable prière.

*

Ultime jour de notre pèlerinage. Nous partons à la découverte des deux autres Jérusalem : la Jérusalem juive, la Jérusalem musulmane.

Alors que la lumière ondoyante et vaporeuse de l'aube inonde la ville, nous traversons les vieux quartiers pour gagner l'esplanade centrale, une plate-forme naturelle en surplomb de la cité. Nous longeons des bazars couverts, où les arômes du café et de la cardamome se mêlent aux parfums suaves des pâtisseries, jusqu'à une porte gardée, fort inhospitalière. En tant que non-musulmans, nous n'avons droit qu'à cet accès tandis que les musulmans bénéficient de quinze entrées. Des militaires flanqués de fusils encadrent le portique antique que jouxte un portique contemporain, détecteur de métaux. En ce secteur qui condense le conflit des Juifs et des Arabes musulmans, on assure autant que possible la sécurité par crainte d'un attentat ou d'un embrasement, on filtre et inspecte les visiteurs au cas où ils dissimuleraient une arme sur eux.

Cet endroit porte deux noms et cette double appellation met en exergue le point contentieux : il est le mont du Temple pour les juifs, l'esplanade des Mosquées pour les musulmans.

Un premier Temple fut édifié ici par le roi Salomon, au Xe siècle avant Jésus-Christ, là où son père David composait et chantait ses psaumes lyriques. Lors de son invasion, Nabuchodonosor II rasa l'ouvrage, déporta les Juifs à Babylone. À leur retour de captivité, en 515 avant Jésus-Christ, ils construisirent un deuxième Temple, qui fut embelli par Hérode, décidément éminent bâtisseur. Jésus fréquenta ce lieu saint, y affronta les prêtres. Hélas, la guerre avec les Romains conduisit à un nouvel anéantissement quand Titus le démolit en 70. Dès lors, les Juifs se dispersèrent dans le monde tandis qu'à Jérusalem leur foi ne s'exprima plus que contre le rempart du Temple, son soutènement occidental, lequel devint le mur des Lamentations, une synagogue à ciel ouvert, partagée en deux zones, l'une dédiée aux femmes, l'autre aux hommes. Au cours des temps, certains en vinrent à rêver d'un troisième Temple, ainsi de l'empereur romain Julien, de Bonaparte futur empereur

Napoléon. Étrange tentation impériale, non ? De nos jours, des juifs orthodoxes en nourrissent le projet, mais ce serait au détriment de la mémoire locale, et particulièrement de l'histoire musulmane.

Car l'esplanade des Mosquées constitue aujourd'hui un lieu essentiel de l'Islam. Après qu'Hadrien eut exigé un temple de Jupiter, souillé ensuite par les chrétiens, le calife Omar conquit la Palestine, nettoya l'enceinte, ce qui permit à son successeur Abd Al-Malik d'ériger un sanctuaire, le dôme du Rocher avec sa coupole dorée, lequel, à l'instar de la tour Eiffel pour Paris, de Big Ben pour Londres, incarne mondialement Jérusalem.

Le sanctuaire resplendit, magnifique, solitaire, au centre du gigantesque plateau rectangulaire. Presque personne n'y circule, ce matin. En dehors de notre groupe et de quelques gardiens jordaniens du Waqf, je ne vois que deux jeunes filles voilées qui devisent en marchant. Il y a encore plus de ciel que de terre, à la différence des rues de Jérusalem qui rétrécissent ou cachent l'azur. Quelle paix ! L'immensité vide et silencieuse impressionne au milieu du foisonnement ambiant. Cet espace offre de respirer, il apaise l'âme, et je saisis pourquoi ce piédestal des temples et des mosquées a toujours rempli des fonctions spirituelles.

Il reste doublement sacré. Sacré pour les juifs qui ne s'y aventurent jamais par crainte et dévotion religieuses, redoutant de profaner le carré que nul ne foulait, sauf le grand prêtre d'Israël une fois l'an, ce Saint des Saints contenant les Tables de Moïse qu'abritaient le premier et le deuxième Temple, mais dont personne ne connaît l'emplacement exact. Sacré pour les musulmans puisque Abraham faillit y immoler son fils et que Mahomet s'y rendit en songe. Chez les uns, le sacré exclut les fidèles ; chez les autres, il les attire.

Soudain, au loin, carillonnent allégrement des cloches, désireuses de se joindre à nous. Cela m'amuse et m'étonne : lorsque je suis logé dans le quartier chrétien, j'entends les appels du muezzin, tandis qu'en zone musulmane, je perçois ceux des beffrois. Mes oreilles me jouent-elles des tours œcuméniques ?

Nous nous approchons du dôme du Rocher, chef-d'œuvre de l'art islamique. L'édifice ressemble à un bijou de joaillerie géant, élégant, ouvragé, raffiné, d'un bleu qui va de la nuance féminine de la turquoise à celle, masculine, du lapis-lazuli. Sa forme octogonale présente huit pans mauresques agrémentés d'arcades en ogive, lesquelles forment une terrasse d'où montent d'autres arcades, rétrécies, que termine la coupole dorée, du cuivre saupoudré de nickel et d'or. Comme si des étincelles tombaient du toit, certains carreaux sur la façade répercutent cette lumière. Le dôme du Rocher se montre à la fois délicat et farouche.

Il se dresse là depuis 691, intact, défiant les siècles.

S'il n'a pas changé en mille trois cents ans, il a vieilli.

Un soleil trop dévorant l'a fatigué. De la patine ainsi qu'une usure des couleurs marquent son âge. Grâce à des restaurations, il lutte vaillamment contre la décrépitude et, vu l'état du monde, les tensions qui électrisent les populations d'Israël, de Palestine, de Jordanie, il ne doit pas flancher, le moment ne serait pas opportun.

L'esplanade des Mosquées représente le troisième lieu saint de l'Islam, après La Mecque et Médine. À une époque, les prières s'exécutaient même en se tournant vers elle, avant de se diriger vers La Mecque.

Ne pouvant y pénétrer, nous nous contentons de jeter un œil à travers les étroites fenêtres cintrées. J'aperçois du vide ; en pivotant, je reconsidère les environs et constate de nouveau le vide. Quelle force spirituelle exprime ce vide, au rebours du christianisme ! Il développe une conception différente du sacré. Il élève en écrasant. Tout individu se trouve si petit, si perdu que cela lui insuffle un sentiment d'humilité, ainsi que celui du sublime, cette terreur délicieuse, la perception de l'illimité bien au-delà du beau, qui inspire la crainte et le respect, puis l'étonnement et l'émerveillement. On ne se sent pas grand-chose, mais quelqu'un quand même.

Un moment, j'envisage de solliciter quelques-uns de mes contacts pour obtenir un passe-droit et avoir accès au rocher sur lequel Abraham voulut ligaturer Ismaël. Je regrette que ce patriarche, dont il faut plus que jamais garder à l'esprit qu'il a fondé les trois monothéismes, ne puisse être partagé et soit réservé aux seuls musulmans. Pendant un instant, je me regimbe devant l'absurdité de la situation ; vraiment, je désapprouve cette chasse gardée. L'instant d'après, je remise ma curiosité dans ma poche : le choix très douteux de cette localisation m'apparaît plus théologique qu'historique, politique davantage qu'archéologique.

J'ai aimé l'invitation au détachement, à la modestie, à la sérénité que dégage ce lieu saint. Nous longeons encore la mosquée Al-Aqsa, la « mosquée lointaine », qui peut accueillir cinq mille personnes, aucun de nous pourtant ; enfin, nous errons parmi les édicules secondaires, portiques, arceaux, mihrabs, qui recyclent les pierres autant que les religions ; chacun réutilise les éléments des édifices appartenant aux cultes antérieurs, le juif, le grec, le latin, le chrétien, le musulman. Au milieu de ces incessantes querelles, la nature tente partout de reprendre ses droits, faisant pousser les herbes entre les dalles, les mousses contre les sculptures, s'incarnant dans les quelques cyprès qu'a plantés une main hasardeuse.

Je contemple une dernière fois Jérusalem devant nous, un océan de toits, de pierres qui se noient et se confondent, d'où jaillissent tours, minarets, campaniles, puis je m'échappe, le cœur rongé par la mélancolie.

Pourquoi les peuples s'avèrent-ils incapables de se comprendre, surtout quand ils vénèrent le même et unique Dieu ?

Je poursuis mon chemin et accède au mur des Lamentations que j'avais déjà entrevu depuis la passerelle qui mène à l'esplanade. À ses pieds, des juifs, orthodoxes pour la plupart, sinon ultra-orthodoxes, prient, récitent, s'en écartent, soufflent de temps en temps dans les chophars, ces cornes de bélier dont le son monocorde, entre le clairon et le beuglement, parfois lancé sur un rythme ternaire, éveille au repentir. Plus rarement, certains martèlent le calcaire avec leurs ongles, d'autres glissent une demande manuscrite au creux des fissures. Puisque la religion juive interdit de détruire un écrit mentionnant le nom de Dieu, on fait avec ces minuscules papiers pliés comme avec les bibles endommagées : deux fois par an, on les enterre. Ému, j'imagine ce moment où les prières, tombées des lézardes telles des feuilles mortes, sont inhumées au mont des Oliviers, qui, en sus de ses cinquante mille sépultures, abrite donc un cimetière de vœux.

Je n'ai pas l'impression que ces hommes et ces femmes, dans leur proximité avec le Saint des Saints qui leur fut dérobé, se lamentent au pied du mur, mais plutôt qu'ils espèrent. D'ailleurs, les Israéliens n'emploient plus l'expression « mur des Lamentations », inventée par les Anglais, car elle transpire une condescendance moqueuse ; ils l'appellent le Kotel – le Mur. Si durant deux millénaires les juifs revenus ici pleuraient la destruction du Temple et leur exil, aujourd'hui leur présence manifeste plutôt leur attente du Messie.

Tout soudain, je m'estime attaqué. Aux yeux d'un chrétien, cette attente ne se révèle pas seulement opaque, elle inflige un déni, voire une agression. Quoi, ne pas reconnaître en Jésus celui qu'annonçaient les Écritures au cours des siècles précédents ? Le juger, le condamner, le supprimer une seconde fois ? Caïphe et les rabbins qui interrogèrent Jésus au Sanhédrin n'ont-ils toujours pas compris à qui ils s'étaient adressés ?

Je quitte mes camarades, qui ont quartier libre avant d'embarquer dans le vol de ce soir, et hèle un taxi. Je retourne au mont des Oliviers : nous avons rendez-vous, moi et cette orgueilleuse, insolente, insupportable capitale. Depuis le jardin de Gethsémani, je tiens à regarder Jérusalem en face.

Je contemple cette ville arrogante, dure, aux contours acérés. Au-dessus de la rivière Cédron qui entaille les reliefs se profilent des remparts crénelés sur une muraille de roche naturelle. Les toits qui en dépassent sont couverts de tuiles, d'or, de nickel, pointus ici, arrondis là, aplatis plus loin, rivalisant d'aspects variés, clochers, tours, donjons, minarets, miradors, terrasses, coupoles, bulbes, mêlant les styles, ceux des croisés, des Sarrasins, des Byzantins, des Templiers, des Ottomans, des Franciscains, des orthodoxes russes ou grecs, à droite un peu d'arabe, à gauche du turc, au centre du colonial.

L'architecture assemble des monuments juifs, chrétiens, musulmans, et pourtant une harmonie paradoxale se dégage de cette profusion. Le disparate s'efface, comme si les bâtiments qui se dressent vers le ciel parvenaient, en quittant le sol, à trouver un espace de concorde. Les pierres réussissent quelque chose que n'arrivent pas à réaliser les hommes : coexister.

Pourquoi ? Par quelle aberration ne bénéficions-nous pas de la sagesse des pierres ? Qu'ont-elles appris qui nous échappe ?

Les pierres savent qu'elles sont pierres, faites d'une matière commune, et n'ont de formes que d'emprunt. L'humanité s'obstine à l'oublier en ce qui la concerne. D'abord nous nous estimons absolument différents les uns des autres alors que nous sommes tous modelés de la même pâte humaine. Quant aux formes que revêt notre être – notre langage, notre spiritualité, notre culture –, au lieu de les reconnaître comme d'emprunt, contingentes, historiques, dues au hasard de la naissance et des circonstances, nous nous convainquons qu'elles composent un béton dont les coulures ont irrémédiablement forgé notre identité.

Jérusalem me jauge à son tour. Ce n'est plus moi qui l'examine, c'est elle qui m'observe. « Te voilà chrétien, souffle-t-elle, cependant tu aurais pu demeurer athée, voire, selon les caprices de tes déplacements, baigner dans la civilisation juive ou musulmane. Relativise un peu. »

Par réflexe, je me cabre. Relativiser ? Non ! Je m'insurge contre sa semonce. Rien ne s'équivaut. Même quand elles parlent d'un seul Dieu, les religions se distinguent. Quoiqu'elles aient toutes vocation à professer l'altruisme et la pureté du cœur, elles ne mettent pas l'accent sur les mêmes vertus, respect pour les juifs, amour pour les chrétiens, obéissance pour les musulmans. Pour ma part, je suis devenu croyant dans le désert du Sahara, mais chrétien, je le suis devenu en lisant les Évangiles qui prônaient le don de soi ; tout récemment, mon adhésion a été renforcée par ma révélation au Saint-Sépulcre. Je n'ai pas choisi mon Dieu, lui m'a choisi. Touché, j'ai consenti à ce qui m'est apparu, j'ai accepté la vérité.

« Qu'est-ce que la vérité ? »

La parole de Pilate retentit encore entre les murs de Jérusalem et m'interpelle. La cité millénaire me pose la question que le Romain avait adressée à Jésus.

« Qu'est-ce que la vérité ? »

Jérusalem m'avertit : avoir une religion, ce n'est pas détenir la vérité, une vérité logique que l'on prouve, une vérité découlant d'arguments qui la rendent nécessaire, une vérité universelle. « Deux plus deux font quatre », énonce une vérité, laquelle ne nous demande ni de la valider ni de la préférer mais s'impose ; si l'on désire compter, on l'utilise. En revanche, les spiritualités ne se situent pas dans ce champ-là. Elles proposent. Elles promettent.

Aucune religion n'est vraie ou fausse. La mienne pas davantage qu'une autre. « Si on ne faisait que pour le certain, on ne ferait rien pour la religion car elle n'est pas certaine », rappelait Blaise Pascal. Quand on pratique un culte, on ne possède pas la vérité, plutôt une manière de vivre et de penser. La religion ne se partage pas ainsi que les axiomes ou les sentences incontournables de la raison, elle se répand parce que des individus décident de s'en imprégner, de fonder ou de rejoindre une communauté. Chaque religion est élue, pas démontrée. Lorsqu'elle n'est pas adoptée, elle est héritée.

À la différence de la raison qui soumet notre esprit, la religion sollicite notre liberté. Elle lui présente une vision, un programme, des valeurs, des rites, et espère son acquiescement.

Cette liberté, certains la détestent. Soit par nostalgie de la raison, soit par inquiétude, ils n'en veulent pas. Les premiers récusent toutes les religions ; les seconds excluent les confrontations qui fragiliseraient leur croyance, jugent que ce en quoi ils croient est la vérité, et virent à l'intégrisme. Ne supportant pas la contradiction, ils vilipendent l'athée, ils méprisent les convictions étrangères, ils dénoncent comme hérétique celui qui interprète dissemblablement leurs textes, ils haïssent l'altérité au point, dès qu'ils en ont les moyens, de convertir les peuples voire, en cas d'échec, de les massacrer. À la force rationnelle qui leur manque, ils substituent la force tout court. À leurs yeux, la violence reste la plus efficace façon d'éradiquer le doute. Les carnages perpétrés au nom des religions dérivent de ce rejet de la critique, d'une allergie à l'incertain.

Voilà l'histoire que les hommes ont inscrite dans Jérusalem.

Or voilà également l'histoire que refuse de raconter Jérusalem. Elle nous nargue en incorporant ses strates plurielles, en juxtaposant les synagogues, les églises, les mosquées. Rare lieu au monde que les trois monothéismes considèrent comme saint, elle brandit une triple légitimité : le juif y retrouve le Temple, le chrétien le chemin de l'accomplissement christique, le musulman l'esplanade où Abraham sauva ultimement Ismaël, où Mahomet vola en songe, puis d'où, à la fin de son existence, il monta au paradis sur un cheval ailé.

Jérusalem nous réveille. Ou plutôt Dieu à travers elle.

Le défi que Dieu lance aux croyants, aux incroyants, outrepasse ce qu'ils s'imaginent : Dieu ne leur dit pas : « Entendez-moi ! », mais il leur crie : « Entendez-vous ! » À Jérusalem où tout a commencé, rien n'est fini.

La cité trois fois sainte, théâtre des désaccords interreligieux, nous donne à réfléchir. Il faut fraterniser les uns avec les autres. À cette tâche-là, Dieu nous somme de nous mesurer, que nous soyons juifs, chrétiens, musulmans, agnostiques. À Jérusalem plus que partout ailleurs, Dieu nous provoque, il ne nous pousse pas seulement vers le divin, il invoque notre humanité dans ce qu'elle a de pluriel, de composite, d'enclin à l'harmonie.

Dieu le Père ? Alors il faut penser les trois monothéismes comme des fratries.

Nous montrerons-nous un jour capables de relever le défi de Jérusalem ?

*

Mon christianisme ne constitue pas un savoir, mais une façon d'habiter ce que ma raison ignore. Grâce à lui, je me dirige à travers une forêt, l'obscure condition humaine. Toujours à tâtons, quoique avec toujours plus de lumière.

*

Quand je scrute Jérusalem, je ne sais pas ce qui, de Dieu, m'étonne le plus. Son insolence ou son humour ?

*

– La fatigue n'est pas mon fort !

Combien de fois ai-je prononcé cette phrase avec autant d'aplomb que de sincérité ? Ayant hérité de mes parents une bonne résistance physique et une grande facilité de concentration, lorsque j'interromps une activité, je me dis : « J'arrête », et ne soupire jamais : « Je suis crevé. » Depuis l'enfance, je n'apprécie rien tant que me dépenser inconsidérément avant de me jeter le soir à plat ventre sur le matelas, bras écartés, en criant victoire : « Génial, je suis fourbu ! » Cette exclamation me prouve que j'ai vécu avec intensité, travaillé le plus possible, sans mégoter, en respectant la vie, et qu'à l'issue d'une nuit réparatrice, je recommencerai demain. Épuisé peut-être, mais pas fatigué.

Pourtant la fatigue m'est tombée dessus. Pire, elle m'a écrasé après m'avoir surpris.

J'ai chaudement remercié le père Henri et dit adieu aux camarades pèlerins qui s'en retournaient à La Réunion, puis, de but en blanc, je me suis effondré. Vidé de mon sang, les os en miettes, je me fais l'effet d'une poupée de chiffon. Plus d'influx, plus d'élan. Énergie quasi à plat.

Par sottise, j'attribue ce malaise à mon lieu d'habitation. En deux coups de téléphone, je quitte le Foyer Mar Maroun, lassé de lutter contre la morosité dans ma cellule exiguë et, sur les conseils de Guila, débarque à l'American Colony, un palace de luxe. Je me retrouve cette fois dans un décor colonial somptueux au charme délicieusement suranné, des salons, des patios, un bar en noyer, une cuisine raffinée, l'amabilité bien huilée du personnel, une suite spacieuse ouvrant sur un jardin fleuri, l'attention discrète devant mes envies et mes exigences. Au dîner, le directeur, un Suisse, vient à ma table me parler avec admiration de mes livres et je me convaincs qu'un peu de confort agrémenté de quelques flatteries pour mon ego bien longtemps mis en veilleuse me requinquera.

En vain ! Après une nuit excellente dans un lit aussi large que plumeux, bercé par l'impression d'incarner Lawrence d'Arabie au temps du mandat britannique, je me réveille moulu, dévasté. Que se passe-t-il ?

Le lendemain, je me rends comme prévu à l'hôtel Notre-Dame, programmé pour me réserver quelques jours de solitude. J'apprends que Lorenzo Fazzini, ayant perdu sa mère, ne me rejoindra pas. Ayant moi-même vécu l'immense chagrin d'avoir perdu la mienne, je lui envoie un message affectueux et l'assure que je me débrouillerai parfaitement sans lui.

Ce qui se révèle faux. Archifaux.

Mon état empire. Je ne m'arrache plus guère de mon lit. Une incompréhensible torpeur me maintient allongé et mon cerveau déraille, sens dessus dessous, privé du moindre aiguillon de désir. De temps en temps, je m'emporte, pris de sursauts de colère, ces brèves décharges d'adrénaline me donnant l'illusion d'un regain. Ainsi je demande à la réception qu'on me loge quelques étages plus bas, car la chambre que j'occupe, sous la terrasse panoramique où sévit un bar fort fréquenté, retentit perpétuellement de cognements, de portes qui claquent, de tables qu'on tire, de fauteuils qu'on déplace, de plateaux qu'on lance : de jour comme de nuit, je crains que le plafond ne s'écroule. Dans ma seconde chambre, je ne m'apaise pas davantage, me battant avec la climatisation, m'insurgeant contre les effluves aigrelets des produits nettoyants que je juge responsables de mon indisposition persistante.

Certes, j'ai conscience de ma mauvaise foi, mais cela reste une conscience vague, qui ne m'éclaire pas sur ce qui m'arrive. Je ne détecte aucun symptôme de maladie en moi, je m'estime tout simplement fracassé. Pour éviter d'avoir à m'expliquer, je cesse d'ailleurs de communiquer avec ma famille, ce qui aggrave mon désarroi.

Je ne parviens quasiment plus à me hisser hors de ma couche. Mes lombaires se sont bloquées et les muscles de mes jambes ne me soutiennent plus, mon corps pesant trop lourd pour eux.

Que se passe-t-il ?

*

Chaque jour, je m'oblige à mettre le nez dehors. Automate rouillé de moi-même, je mime une vie normale.

Aujourd'hui, je me suis astreint à sortir tôt. Je marche à l'aube dans une Jérusalem quasi déserte et silencieuse. Volets, portes de bois laissent encore les boutiques en repos. En face du collège des Frères, un cafetier installe lentement les tables de sa terrasse tandis qu'un garçonnet joue sur un piano qu'on a déposé au milieu de la rue. Des livreurs apportent des packs d'eau, un fumet de pain cuit musarde dans l'air. Les chats de gouttière se chauffent au soleil naissant. La ville soulève doucement ses paupières.

À force de promenades contraintes, la Jérusalem que contient l'antique enceinte m'est devenue familière. J'y repère « mon » bistrot, « mon » restaurant, « mon » épicier, avide d'acquérir des habitudes, lesquelles me fournissent un ancrage rassurant.

Quelque chose frémit enfin en moi ce matin. Je m'assois sur des marches qui mènent à un hôtel particulier, m'empare de ce carnet et me résous à écrire. Comme toujours, le stylo devrait me dévoiler mes pensées les plus enfouies.

Et je comprends.

La chambre où je demeure prostré depuis une semaine, c'est ma grotte, ma grotte de Notre-Dame, celle de l'Annonciation comme de la Nativité, celle où j'accouche douloureusement d'un autre moi-même.

Le choc du Saint-Sépulcre – la présence de Jésus sous la forme d'une odeur, d'une chaleur, d'un regard –, j'en ai retenu les effets tant que durait le pèlerinage ; celui-ci terminé, j'y cède ; il me percute et se répercute, forçant le passage, brisant mille barrières, créant un homme nouveau.

J'avais négligé la révolution d'une révélation. Elle s'accomplissait au fond de moi. S'ouvrir à une réalité transcendante étonne d'abord, détruit ensuite. Il faut se reconstruire, tout repenser, modifier son vocabulaire, s'aboucher avec d'autres références. Changer.

Alors que j'imaginais mon esprit en sommeil, il déployait des efforts colossaux afin d'intégrer la grâce du Saint-Sépulcre, efforts qui affleuraient à peine à ma conscience.

Je coule des heures heureuses sur ce perron. Si je n'écrivais pas, on me prendrait sans doute pour un mendiant. À l'occasion, des touristes français ou québécois me reconnaissent et me saluent. Je les accueille avec un grand sourire. Nous échangeons quelques mots. Constamment revient cette question de leur part :

– C'est votre première fois en Terre sainte ?

– La première fois !

À quel point cela constitue une première fois, je ne peux le leur préciser. Oui, c'est la première fois que je saute d'un christianisme spirituel à un christianisme incarné. Oui, c'est la première fois que ma foi gagne cinq sens. Oui, c'est la première fois que je me sens autant aimé. Et autant disposé à aimer.

C'est la première fois pour toujours.

La première et définitive fois.

Ma fois.

*

« Et vous, qui dites-vous que je suis ? »

Voilà ce que Jésus demandait aux hommes qu'il croisait.

En chacun de nous, Jésus existe sous la forme de cette question.

*

« Et vous, qui dites-vous que je suis ? »

À cette question de Jésus, on perçoit clairement qu'il n'existe que des réponses subjectives.

*

« Et vous, qui dites-vous que je suis ? »

À cette adresse de Jésus aux curieux et aux badauds, j'ai, au cours de ma vie, apporté pour ma part quatre réponses : un mythe fut la première, un prophète la deuxième, un philosophe la troisième, le Fils de Dieu la dernière.

« Et vous, qui dites-vous que je suis ? »

Un mythe, soutenais-je durant ma jeunesse.

Mon environnement athée faisait en sorte que cette réponse jaillissait spontanément. Avant même que je me sois posé la question, je connaissais la réponse. Cette aisance à savoir sans chercher, cette promptitude à affirmer, Platon la nommait la *doxa*, l'ensemble des opinions, les modernes l'appellent l'*idéologie*.

Je n'avais été informé sur Jésus que par une mentalité hypercritique qui, depuis le XVIIIe siècle, lui avait réglé son compte : le destin de Jésus se réduisait à un tissu d'invraisemblances. La manière de raconter sa naissance, ses miracles, sa résurrection se rattachait à la fabrique des légendes et en recyclait certaines. Jésus n'avait rien écrit, aucun document, nulle trace archéologique n'attestaient son existence. Les sources – Évangiles, Épîtres – avaient été rédigées des décennies après sa prétendue transfiguration et se révélaient toutes chrétiennes. Hormis Flavius Josèphe en 95, pas un historien, ni le moindre Romain, Grec ou Juif, n'en parlait. Bien après les faits, Tacite, Pline le Jeune, Suétone consignèrent l'arrivée des chrétiens, décrits comme une secte venue du Moyen-Orient. Bref, si le christianisme avait bien existé, ce n'était pas le cas de Jésus ! Privé d'un fondateur réel, cette religion délégitimée reposait sur un malentendu.

J'éprouvais du bonheur à répéter cela, je me pensais très intelligent, et surtout supérieur à tous ceux qui, pendant deux millénaires, avaient accordé leur crédit à ces balivernes. Au fond, j'appartenais à une élite qui avait enfin ouvert les yeux et remis en cause le fondement vicié de notre civilisation. Avant moi, que des abrutis, des crédules, des obscurantistes ! Aujourd'hui, je repère aisément cette même ivresse condescendante dès que j'observe certains complotistes.

« Et vous, qui dites-vous que je suis ? » demandait Jésus.

Un prophète, concédais-je lorsque j'avais vingt ans.

Concernant Jésus, j'avais quitté les thèses mythistes qui avaient façonné mon enfance. En humaniste, je m'intéressais aux religions. Je ne doutais plus de l'existence historique de Jésus et je le considérais comme un des piliers de la pensée monothéiste.

Du fond de mon athéisme, je le jaugeais avec l'œil du juif ou du musulman, je décelais en lui un prophète puissant, inspirant, éclairant, sûrement pas le Messie, encore moins le Fils de Dieu. Au reste, il m'attendrissait, car il s'avérait une victime. De qui ? Des prêtres du Temple et des Romains, mais surtout de lui-même : il avait tellement cru, le pauvre, à sa messianité, qu'il en était mort jeune au prix d'horribles souffrances ! Il avait péri de son rêve dans son rêve. Son histoire s'arrêtait sur la Croix. Je n'allouais évidemment pas le moindre poids à la Résurrection.

« Et vous, qui dites-vous que je suis ? » insistait Jésus.

Un philosophe assurément, affirmais-je avec admiration pendant que j'accomplissais mes études de philosophie. L'original de Nazareth avait gagné un nouveau statut, haut, noble, universel, mon intelligence lui tendait l'oreille. Avec quelle force il avait remis en question les habitudes de son temps, ses préjugés, ses impensés, ses pièges ! « Aimez-vous les uns les autres. » Je n'avais pas besoin d'avoir la foi pour entendre une partie de son message, révérer ses vertus, vibrer face à l'étendue de sa sagesse, me conformer à l'essentiel de ses valeurs. Il représentait pour moi le philosophe intuitif, celui qui formule de manière fulgurante ses pensées ou les exprime en paraboles, « le philosophe suprême », ainsi que l'écrivait Spinoza, voire simplement l'homme suprême.

Distinguant foi et fidélité, je me détournais de la foi

dans le Christ, mais je témoignais une certaine fidélité au christianisme.

« Et vous, qui dites-vous que je suis ? »

Le Fils de Dieu, en viens-je à murmurer aujourd'hui.

Quel défi !

Pour lui de l'être. Pour moi de le croire. Depuis que je l'ai rencontré au Saint-Sépulcre, que j'ai senti son odeur, sa chaleur, son regard, il m'apparaît tout à la fois homme et Dieu. Voilà ce que m'offre l'expérience de Jérusalem : j'éprouve ce que je ne peux conceptualiser.

Je ne comprends pas davantage le mystère qu'avant, mais je le perçois intensément. Ma foi est devenue un assentiment au réel.

*

Désormais je parcours les rues de Jérusalem en m'aventurant bien au-delà de l'antique enceinte. Je marche, je me perds, j'emprunte les tramways, je m'égare et recours aux taxis sitôt que je suis trop désorienté. Nous nous apprivoisons, Jérusalem et moi ; je ne sais qui s'est donné le premier, elle ou moi.

Cependant, je constate avec dépit qu'il n'y a pas foison de librairies, ici. « Pourquoi donc ? revient persifler le voltairien en moi. Seul le Livre compte ? » En revanche, les tatoueurs pullulent. Ils exercent leur art au moins depuis le Moyen Âge puisqu'on a exhumé les corps de nobles chevaliers chrétiens marqués d'une croix de Jérusalem à l'épaule. Aujourd'hui la tradition perdure et se démocratise. Pour ma part, comme je préfère inscrire mon pèlerinage dans mon âme plutôt que sur ma peau, je reste un moment, par curiosité, devant l'une de ces échoppes à regarder entrer et sortir les touristes qui affluent.

Souvent je croise dans les avenues de jeunes Israéliens d'origine française qui m'interpellent, évoquent les romans qui leur ont plu, la pièce *Le Visiteur* qui s'est jouée à Tel-Aviv. À l'évidence, ils additionnent les cultures, habités par une double joie, celle de résider ici, celle d'entretenir une relation forte avec la France.

Intellectuellement, je me juge encore en convalescence. Tout se bouscule en moi et se recompose. Alessandra Buzzetti, journaliste italienne aussi vive que sagace dont j'adore la compagnie, amie de Lorenzo Fazzini qui enterre sa mère en Italie, m'organise des rendez-vous féconds. Ainsi avec le patriarche de Jérusalem, Mgr Pizzaballa, ou bien le père Neuhaus, qui répondent à mon appétit de comprendre, nourrissent ma réflexion avec autant de culture que d'élévation spirituelle. Marie-Armelle Beaulieu, rédactrice en chef de *Terre Sainte Magazine,* passionnée et charismatique, m'ouvre des portes secrètes de Jérusalem. Puis, chaque soir, au crépuscule, mes jambes me conduisent vers le Saint-Sépulcre ; je m'arrête au milieu de la placette, m'y pose, assis sur une marche, voire à même le sol. Je médite, je prie. Jamais je ne franchis le seuil de la basilique.

Pourquoi ne pas y entrer ? Je crains de m'y brûler de nouveau et je ne sollicite plus rien. Venir ici, demeurer humblement devant le portail me suffit. À quelques mètres du lieu sacré, je me réchauffe au souvenir de la révélation qui me combla, et renouvelle, jour après jour, le témoignage de ma gratitude infinie.

Un homme en tunique blanche, pieds nus, barbu et chevelu, dont le regard tendre illumine son visage, se faufile entre des groupes de badauds. « C'est Jésus », murmurent les touristes qui le voient traîner à la remorque des processions ; moqueurs ou apitoyés, tous repèrent en lui un fou qui se prend pour le Christ. Ce soir, trois Israéliens me l'ont décrit atteint du « syndrome de Jérusalem », ce trouble psychique qui frappe certains touristes de bouffées délirantes. Qu'on soit juif, musulman, chrétien, athée, on commence toujours par rêver de Jérusalem. Elle constitue un territoire de fantasmes avant qu'on touche sa réalité. La crise, m'ont-ils précisé, procède de la frustration : heurtés que la ville ne se montre pas à la hauteur de leurs expectations, des fidèles, à la suite d'un choc profond, font une expérience mystique. Un hôpital à Ein Kerem traite d'ailleurs ces malades.

J'ai arboré un air docte, mimé l'approbation, feint la connivence, pourtant, à l'intérieur, j'ai souri : ils me parlent de moi ! Si je leur racontais ce que j'ai confié à ce carnet, sans coup férir ils estimeraient que cela relève d'une pathologie et ils m'enverraient en consultation. J'ai attendu que nous nous séparions pour m'en amuser franchement.

Cette expression, « syndrome de Jérusalem », n'a de sérieux que son apparence de jargon psychiatrique, car elle n'est pas scientifique, mais idéologique : elle présuppose l'impossibilité du mysticisme, le rejette systématiquement, impliquant que rien n'existe en dehors de ce que le matérialisme appréhende. Pure vision de l'esprit, chimère, elle le limite, voire l'ampute. Oh, je ne nie pas la folie, ni que l'hôpital d'Ein Kerem ne reçoive des hallucinés, des psychotiques ; je m'interroge sur les frontières de la folie. Indigné qu'on y fourre tout ce qui dépasse l'entendement commun, je réclame qu'on distingue une altération de la perception et la saisie d'une transcendance.

Du coup, j'apostrophe le « Jésus » du Saint-Sépulcre. Américain né au Michigan, James ne se figure pas du tout remplacer le Christ, il s'est mis à son écoute. Il a quitté une existence qui ne le satisfaisait pas pour se comporter ici d'une manière proche de l'Évangile, en vivant à la grâce de Dieu. Il ne mendie pas, refuse l'argent, néanmoins accepte un repas, une nuit à l'auberge, une bonne douche, des lessives. Quand on le pointe du doigt en chuchotant « Jésus », il se réjouit de faire penser au Seigneur par sa simple présence, guère davantage. Aucune confusion mentale ne l'affecte. Nous devenons camarades. Vu la douceur qui le caractérise, avec qui ne le serait-il pas ?

*

Tant de pays en un seul ! Cette terre n'a pas une histoire, mais plusieurs, selon qu'elle est considérée par les juifs, par les chrétiens, par les musulmans, selon qu'elle est envisagée du point de vue babylonien, romain, ottoman, français, anglais, arabe, israélien. Comment ramener de si nombreux pays à un unique pays ? Qu'écrire de ces histoires pour composer un roman cohérent ?

Le monde entier s'est donné rendez-vous ici.

*

Je suis un pèlerin d'aujourd'hui, pas d'hier.

Le pèlerin d'antan, sûr de sa foi, issu d'un univers profondément religieux, venait se frotter à ce qu'il connaissait déjà.

Le pèlerin du présent, plus fragile, souvent isolé, issu d'une société sécularisée globalement athée, se présente démuni face à une source inconnue dont il espère beaucoup, soit un renforcement, soit un renouvellement, soit l'éveil de sa foi.

*

Les Babyloniens, les Romains, les Ottomans, les Britanniques : Jérusalem a toujours servi de joyau sur des couronnes impériales !

J'en parlais aujourd'hui avec le grand historien Vincent Lemire, qui, par bonheur, se trouvait encore à Jérusalem, au Centre national de la recherche scientifique, avant de rejoindre la France demain. Il m'expliquait l'intérêt de la contribution que lui et ses collègues apportent ici.

Jérusalem est davantage chargée de mémoriel que d'historique. Les commémorations des différentes spiritualités ou diverses nations finissent par peser trop lourd. Or l'étude du passé est en mesure de déminer des frontières identitaires qui se sont instituées récemment. Les mondes religieux montraient plus de porosité entre eux autrefois, et certaines transgressions s'avéraient fréquentes – ainsi les musulmanes se rendaient sur la tombe de Marie pour lui réclamer un enfant. En accord avec le diagnostic de Vincent Lemire, j'apprécie également son ordonnance : la guérison de la mémoire par l'histoire.

*

L'École biblique et archéologique de Jérusalem, où j'achève mon séjour, se révèle un cadeau. Située près de la porte de Damas, elle se dresse, élégante en dépit de sa masse, au milieu d'un parc où culminent des palmiers, occidentale et orientale simultanément, ou plutôt un rêve d'Orient que ferait l'Occident.

Voici l'endroit où je terminerai ma mue. Aussitôt je m'y installe entre quatre pôles : ma chambre, la bibliothèque, le réfectoire, la chapelle avec les vêpres.

Ma chambre, large, voûtée, comprend deux lits et deux bureaux. Donnant sur un jardin exotique, les fenêtres en ogive encadrent la table où je remplis ce carnet. D'une façon inusitée, j'ai éprouvé en y entrant un sentiment de familiarité intense, fulgurant ; des ondes de plaisir m'ont immédiatement envahi.

La bibliothèque à l'entresol contient trois cent mille volumes et constitue un trésor internationalement envié par les chercheurs biblistes. Le simple fait de m'y asseoir me paraît un privilège. J'y passe des heures exaltantes à lire les textes de pèlerins juifs, musulmans et chrétiens, qui se rendirent à Jérusalem à partir du IIIe siècle.

Le réfectoire quant à lui m'offre de bavarder avec les frères dominicains, des novices ou d'autres, plus burinés. Nos conversations y sont minutées, mais riches. Le frère Jean-Jacques Pérennès, directeur de l'École, m'accueille chaleureusement, me relate ses expériences moyen-orientales, me décrit la vie communautaire « très abrasive » qui nettoie chacun de son ego. Et le frère Jean-Baptiste Humbert, dont les yeux bleu turquoise auraient pu le transformer en star de cinéma, éminent archéologue, m'expose sa détestation de Jérusalem : « Non seulement tout y est outré, mais tout y est faux. Voici une ville qui célèbre un temple disparu, un tombeau vide et un rocher caché à l'attribution douteuse. » Il semble tant se distraire à me provoquer avec des déclarations à l'emporte-pièce que j'en conclus qu'il me met à l'épreuve davantage qu'il ne me livre ses convictions.

Le soir venu, je me précipite à la chapelle pour suivre les vêpres. Très ritualisées, elles enchaînent chants, lectures, prières, et, comme d'habitude, me rejettent constamment sur la berge, perdu, dépassé. Cependant, je m'accroche. Au cœur de cette église où la lumière naturelle ne pénètre plus, je vibre à l'écoute des mélopées apparentées au grégorien, en mesurant l'harmonieuse et soudaine unité des frères, très surprenante depuis qu'au cours des repas j'ai découvert leurs caractères bien trempés. L'effet des vêpres persiste et augmente : de jour en jour, je me rapièce, je recolle les morceaux, j'unifie ma pensée, je trie l'essentiel et l'accidentel, je prie.

Souvent, je me lève à l'aube pour participer à la messe de sept heures trente. Je suis saisi par une fringale d'eucharistie.

*

J'ai déniché dans ma mémoire d'où vient le sentiment de familiarité que j'éprouve lorsque j'occupe ma chambre de l'École biblique.

C'est le souvenir d'un rêve…

Pendant des décennies, une scène me revenait en songe : j'étais plus âgé, je demeurais assis dans la cellule d'un monastère, entre des murs crépis à la chaux, sous la lumière éblouissante qui tombait de deux fenêtres en ogive. Le tableau me représentait entamant ma vie nouvelle au cœur d'un couvent. À l'époque, quoique intrigué, je chassais ces images nocturnes d'un revers de main.

Aujourd'hui, j'ai atteint l'âge que me prêtait ce rêve et je me tiens dans son décor.

*

Chaque religion met une vertu en avant : le respect pour les juifs, l'amour pour les chrétiens, l'obéissance pour les musulmans, la compassion pour les bouddhistes.

Des quatre, la proposition chrétienne s'avère la plus folle. Quoi, aimer tout le monde ? Aimer chacun ? Les étrangers, les salauds, les avares, les traîtres, les indifférents ? Porter dans son cœur ses ennemis, voire ses bourreaux, tel Jésus cloué à sa croix ? Chérir son assassin ? Cela relève de l'impossible... On ne peut plus drastiquement contrarier nos réflexes naturels de peur, de prudence, de protection. Aucune doctrine n'a jamais suggéré une pareille refonte, assortie d'un romantisme exalté autant qu'exacerbé.

Or le christianisme ne s'arrête pas là, il persévère dans l'outrance. Non seulement il nous invite à l'impossible, mais il nous convie à l'impensable : il demande d'admettre que Dieu s'est fait homme, qu'il a souffert pour nous avant de mourir et de ressusciter. Cette irrationalité conduit l'esprit au bord des abîmes.

Si tout culte se fonde sur des révélations, le christianisme perpètre un attentat supérieur contre l'intellect : l'Incarnation.

Je comprends les résistances des juifs, des musulmans, des athées au christianisme. Tout en troublant l'ordre pratique basé sur les intérêts matériels et la crainte des dangers, il choque l'intelligence. Blaise Pascal le disait clairement : invisible, Dieu était bien plus reconnaissable que lorsqu'il s'est rendu visible. Quel paradoxe ! Nous croyons en un Dieu absent plus aisément qu'en un Dieu qui descend parmi nous. Mieux vaut attendre le Messie que l'accueillir. Considérer Jésus comme un prophète, un sage, un imposteur rassure le sens commun.

La manière qu'eut Jésus de se perpétuer parmi nous a donné lieu à un étonnant rituel. « Et enfin quand il a voulu accomplir la promesse qu'il fit à ses Apôtres, de demeurer avec les hommes jusqu'à son dernier avènement, il a choisi d'y demeurer dans le plus étrange et le plus obscur secret de tous, savoir sous les espèces de l'Eucharistie. » Au fur et à mesure de ce voyage, rien n'a pris plus d'importance que le moment où je reçois et ingère l'hostie, ce secret dont Dieu se voile et par lequel il se dévoile : je célèbre mystérieusement un mystère.

Depuis que j'ai perçu la présence de Dieu doté de chair et sang au Saint-Sépulcre, son odeur, sa chaleur, son regard, j'ai déposé les armes, j'ai remisé l'ironie, le sarcasme, la critique. Je m'abandonne avec humilité à ce qui me dépasse.

*

Fatigante Jérusalem… Chaque jour, tandis que je l'arpente, elle me demande :

– Qui es-tu ?

*

Logeant près de la porte de Damas, ce point névralgique entre le quartier musulman, le quartier chrétien et les immeubles que rachètent peu à peu les Juifs, je perçois les tensions qui électrisent la population. Certains sont exaspérés, d'autres exaspérants, beaucoup cumulent ces deux extrêmes, et tous ont les nerfs à vif. Comme eux, cette ambiance crispée m'affecte. Partout la méfiance, partout la crainte, partout des hommes massifs, au visage fermé, concentrés sur leurs oreillettes, ou bien de jeunes soldats plus décontractés mais armés jusqu'aux dents. Côtoyer en permanence cette haine des uns envers les autres m'épuise. L'hostilité nous prend tous en otage. Elle nous use.

Au reste, l'état de paix larvée m'étonne davantage que celui de guerre larvée. Cela devrait exploser de façon plus criante… Faut-il que les humains aient, gravée en eux, la nostalgie de la paix pour ainsi refuser de céder à l'irrémédiable !

Ce matin, je pars rejoindre Guila et quelques amis à Tel-Aviv, histoire d'explorer cette capitale que je me suis contenté de survoler le jour de mon arrivée.

Dès que je saute dans le train, j'ai le sentiment d'une délivrance. « Adieu, Jérusalem, qu'il est bon de te quitter, je ne te supporte plus, tu m'étouffes. »

Je coule ensuite une journée délicieuse à Tel-Aviv,

goûtant son atmosphère détendue, sa fluidité, sa modernité, sa tolérance. J'admire l'ardeur avec laquelle cette ville s'est construite. Quelle magnifique réussite !

Et cependant à la nuit tombée, lorsque je retrouve Jérusalem et entrouvre la grille de l'École biblique, une poussée d'allégresse me surprend. « Bonsoir, Jérusalem, tu m'as terriblement manqué, je l'avoue. Bien que tu me perturbes, tu me captives. Je ne partirai plus. »

*

Bénéfique Jérusalem… Chaque jour, alors qu'elle me demande qui je suis, je lui réponds désormais :

– Je suis moi comme jamais.

*

Avant-dernière journée. J'ai décidé de me rendre à Yad Vashem, l'Institut international pour la mémoire de la Shoah.

Depuis un mois, j'ai constamment repoussé cette visite. D'abord parce que je redoutais un débordement d'émotions. Ensuite parce que je présumais qu'elle ne m'apprendrait pas grand-chose dans la mesure où j'ai scrupuleusement étudié cette période noire de l'histoire européenne, par intérêt intellectuel puis pour rédiger certains de mes livres, *La Part de l'autre*, mon roman sur

Hitler, *L'Enfant de Noé*, qui chantait les louanges d'un Juste, le père André, lequel avait caché en Belgique une centaine de filles et de garçons juifs pendant la guerre.

Sur le premier point, j'avais raison : j'en sors brisé, sonné, muet, hagard. Des photographies de charniers, d'innocences bafouées, celle d'un soldat qui tire à bout portant sur une femme en train de protéger son bébé, ces horreurs me sidèrent des heures durant. Comment l'humanité peut-elle à ce point se retirer de l'humanité ?

La clé de cette nation se trouve là : Israël résulte de cette violence, l'extermination systématique des Juifs par les nazis. Un traumatisme l'a fondée. Comment cette brutalité n'aurait-elle pas encore des répercussions ? Comment ne pas réagir par la force quand on a été victime d'une force écrasante, nihiliste, sans compromis ? Adoptera-t-on l'angélisme après avoir échappé miraculeusement au néant et vu mourir les siens ? Non seulement ce peuple vaincu a besoin de victoire, mais désormais l'essence de l'âme juive comprend la crainte permanente de sa destruction.

Si rien ne légitime la violence qu'inflige parfois le gouvernement d'Israël aux populations arabo-musulmanes, l'Histoire l'explique. Attention cependant : expliquer ne revient pas à justifier.

Je m'attarde, pensif, confus, dans le jardin que chauffe un soleil insouciant. Avant de partir, je traverse la boutique du musée, car l'encre de mon stylo est bientôt tarie. Là, le destin me fait un clin d'œil : dans le rayon français de la librairie, où l'on ne propose qu'une dizaine de livres, traduits des meilleurs auteurs israéliens, j'ai l'émoi de voir apparaître mon nom, puisque j'ai rédigé la préface du *Journal* d'Anne Frank. Je prends ce signe pour un encouragement à ne pas lâcher ma plume.

*

À l'École biblique et archéologique de Jérusalem, le frère Jean-Baptiste Humbert, homme de fouilles autant que de réflexion, me consacre un moment avant mon départ. Il me reçoit dans son antre, au fond de la cour, un bâtiment où s'entassent mille vestiges, des pierres, des manuscrits, un bric-à-brac qui s'apparente à un cabinet de curiosités. N'étaient quelques ordinateurs qu'utilisent de jeunes doctorants, je me croirais dans le bureau d'un explorateur à peine rentré de lointains voyages. Il me désigne un coin, au fond du local, un vague sourire aux lèvres.

– Voyez ma déformation professionnelle, s'exclame l'archéologue, je n'ai pas pu m'empêcher de creuser.

Son doigt m'indique un trou circulaire qui emmène, par un escalier en spirale, à une grotte excavée où il s'est aménagé un salon.

J'aime sa rude gentillesse. Après avoir testé mes compétences bibliques, il engage la conversation. Nous discutons assis sur des coussins de Bédouins aux motifs exubérants, en savourant un café, tandis qu'il fume un cigarillo dont l'odeur m'enivre. Je l'écoute avec passion. Durant des décennies, ce savant, qui par ses recherches a fourni des éléments tangibles à la connaissance du passé, a déshabillé la Bible de son merveilleux. Elle n'en est que plus belle.

*

Je pensais traverser Jérusalem : Jérusalem m'a traversé.

*

Je m'escrime à fermer mes valises. Comme moi, elles sont plus pleines qu'au départ.

Le téléphone sonne, affichant le nom de Lorenzo Fazzini.

– Allô, Éric-Emmanuel ? Le Pape François t'attend.

*

Me voici de retour chez moi. Douceur de retrouver ma famille…

Avec Machka, notre chienne, une jeune labrador noire, nous célébrons notre bonheur en reprenant nos balades, chaque jour plus longues, à travers les champs et les bois du Hainaut qui entourent la maison. Nous folâtrons, elle la truffe à terre, moi le nez en l'air. Certes, nous ne sillonnons pas la même forêt, la sienne se renifle, la mienne se contemple, mais régulièrement un échange de regards, un plissement des paupières, un sourire manifestent notre délectation de cheminer côte à côte.

Le ciel se charge en traînées de fumée noire. L'odeur triste de l'automne, mêlant le pourrissement des champignons à la décomposition des feuilles, imprègne l'atmosphère humide. Au bas du vallon, près de l'étang gris, monte une clameur. Piaulant, gloussant, caquetant, des oies sauvages s'élèvent à coups d'énergiques battements, obscurcissent l'horizon, forment une nuée qui se métamorphose peu à peu en escadron, puis brusquement, telle une horde de cavaliers qui se sont assurés de leur position en selle, elles filent en direction du sud-est, vers un lointain plus ensoleillé. Je n'y avais pas pris garde jusqu'ici ; maintenant je sais où elles vont : en Israël.

Moi, demain, je m'envole pour Rome.

J'ai rendez-vous avec le Pape François.

*

Soirée romaine, délicieuse et raffinée, comme seule cette ville en procure. Dans un restaurant-librairie à l'éclairage feutré, nous nous régalons de plats, de vins autant que de conversations. Sandra et Sandro Ferri, mes fidèles éditeurs, dont la maison E/O, créée par eux, porte haut le drapeau de la littérature européenne en Italie et aux États-Unis, m'ont invité, ainsi que divers responsables de la communication vaticane, Andrea Monda, directeur de *L'Osservatore Romano*, Paolo Ruffini, préfet du dicastère pour la communication du Saint-Siège, et le cher Lorenzo Fazzini, géant passionné par les lettres, bouillonnant de projets. Les idées fusent au sein d'une vraie chaleur humaine.

Sandro me pousse à parler de mon voyage, du livre que je pourrais éventuellement en tirer. Intimidé, je me réfugie derrière une boutade :

– Jésus n'a jamais commis de livre. Il était bien trop parfait pour écrire des livres.

– Mais justement toi, tu es suffisamment imparfait pour en écrire ! réplique Sandro.

Nous rions. Cette simple phrase m'a délivré. Mes défauts et mes défaillances, lesquels me semblaient jusqu'ici des obstacles à la rédaction d'un tel récit, fondent à présent ma légitimité. Pèlerin parmi les pèlerins, je dois livrer le témoignage de ce que j'ai vécu, un témoignage humain, forcément défectueux et fragmentaire. Du coup, je leur annonce le titre auquel j'avais pensé pendant mon séjour en Terre sainte, avant d'être effarouché par l'entreprise : *Le Défi de Jérusalem*. Aussitôt, chacun le commente et le traduit en plusieurs langues.

Sandra remarque qu'une sorte d'inquiétude m'absorbe, malgré la vivacité de la discussion.

– Prêt à rencontrer le Pape ? susurre-t-elle, le visage éclairé par un tendre et malicieux sourire.

Cette question, qui touche juste, me transit d'émotion. Mes yeux s'accrochent au lustre, y cherchant une réponse, ma bouche bafouille des mots dépourvus de sens, ma respiration se bloque. Ai-je déjà été aussi intimidé ?

*

Cette nuit, alors que je suis depuis longtemps couché à l'hôtel Sant'Anna, qui jouxte le Vatican, un homme ouvre la porte de ma chambre et avance de deux pas.

– Éric ! s'exclame-t-il.

Sa haute silhouette se découpe devant l'entrée, larges épaules sur un corps mince, mais la pénombre m'empêche de discerner ses traits.

– Éric !

La fermeté de sa voix timbrée, équilibrée, me frappe. Je me redresse, repousse mes oreillers, le fixe.

Il a disparu. Je me suis réveillé. Je consulte l'heure

sur mon téléphone : six heures trente. Excessivement tôt.

Je me rallonge, me blottis au creux de la couette, intrigué, heureux. Qui était l'homme de ce rêve ? Il me rappelait mon père par sa façon de prononcer mon prénom, mais aussi Jésus par son allure, oui, son profil correspond à peu près à celui dont j'ai senti l'odeur, la chaleur, le regard au Saint-Sépulcre.

Le son de sa voix résonne à mes oreilles, la fermeté de son écho provoque en moi des ondes de plaisir. Est-ce une vision, une émanation de mon père, de Jésus ?

Cet épisode, je ne le consignerai pas dans mon livre. Pour qui me prendrait-on ? Un cerveau ouvert à tous les vents…

*

Tous les vents de l'Esprit…

Aujourd'hui, en Occident, on tient plus que jamais en piètre estime l'imagination, que l'on nomme dédaigneusement la folle du logis. Nos ancêtres prétendaient, eux, que les dieux utilisaient ce véhicule pour s'introduire en nous.

Ne limitons pas l'esprit à la raison.

Ne réduisons pas notre vigilance à l'unique surveillance policière de l'entendement. L'attention mobilise d'autres ressources : l'intuition, la sensation, l'imagination. Je revendique le droit d'exercer des formes de vigilance multiples.

– Éric ! claironne la silhouette qui m'est apparue tout à l'heure.

Elle m'ordonne de foncer à mon proche rendez-vous.

*

Pour franchir les portes du Vatican, il faut être équipé. D'un laissez-passer et d'une provision de temps.

Je présente l'invitation armoriée aux gardes suisses qui surveillent les frontières de l'État, les accès au palais. À la porte Sant'Anna, les jeunes soldats gantés à la tournure élancée sont vêtus d'un uniforme indigo, finissant au cou par une gorgerette blanche, dont le pantalon s'arrête au genou afin de laisser place à des chaussettes qui flattent le mollet. Ceux du palais m'épatent plus encore avec leur costume panaché à culotte bouffante, rayé de rouge, de bleu, de jaune, les couleurs des Médicis. Cette distinction coquette procède d'une autre époque. Laquelle ? Celle des contes…

Lorenzo Fazzini, qui m'accompagne, a souhaité que nous ayons une heure et quart d'avance. La suite démontre la justesse de cette précaution. Bien que je me trouve dans le plus petit État du monde, j'ai l'impression d'arpenter le plus grand bâtiment du globe tant, au

Vatican, les galeries succèdent aux couloirs, les halls aux vestibules, les salles d'attente aux salles des pas perdus, les salons aux salons. Tandis que je déambule au milieu de pièces somptueuses, riches en œuvres d'art depuis les sols en marbre polychrome jusqu'aux plafonds à caissons dont chacun mériterait que je me dote d'ailes pour mieux l'admirer, je me dirige paradoxalement vers celui-là même qui assiste les migrants, qui vole au secours des pauvres, qui dénonce l'inhumanité du capitalisme, qui nous exhorte à guérir de la fièvre du profit, un vicaire qui, hier en Argentine, aujourd'hui au centre de la chrétienté, lutte auprès des humbles et des humiliés. J'ai ouï dire qu'il n'apprécie guère ce faste et le subit davantage qu'il ne s'en repaît ; il le respecte dans la mesure où il respecte une histoire dans laquelle il s'inscrit provisoirement. La veille, il a dispensé sur la place Saint-Pierre mille repas pour les nécessiteux, collation qu'il a partagée avec eux.

Maintenant, nous patientons d'antichambre en antichambre. Tous les quarts d'heure nous progressons. La bibliothèque papale se rapproche. Des monseigneurs alertes, bagués, élégants, silencieux, circulent furtivement, appelés par des besognes dont j'ignore tout. Le raffinement de leur tenue me méduse quoiqu'ils l'estompent par un sourire plus éclatant que les soies noires ou fuchsia des soutanes et des ceintures.

Je stationne à présent derrière l'ultime porte. On

s'enquiert de déterminer en quelle langue nous communiquerons et nous tombons d'accord : le Saint-Père comprend le français, de mon côté je comprends l'italien, nous échangerons donc ainsi.

Bruissements derrière les battants. Cela s'agite. Voici mon tour.

Dès que le Pape François apparaît, tout change. Le cérémonial par lequel on accède à lui s'efface. Son regard clair, sa bonhomie bienveillante réchauffent aussitôt l'atmosphère. Ni l'âge ni les tourments physiques ne ternissent son visage rayonnant. Selon moi, ce n'est pas le jour de la place Saint-Pierre filtrant à travers les fenêtres qui illumine la pièce, mais lui.

Voilà que, les photographes et les caméras éclipsés, il me faut lui parler, moi qui aspire à l'entendre. Il m'y encourage. Je constate vite que son écoute s'avère aussi profonde que ses mots ; ses discours et ses silences incitent l'interlocuteur à accoucher du meilleur. Alors que, face à lui, je me juge dérisoire et inabouti, un croyant lacunaire, il me dévisage comme un être parfait qui vaudrait son intérêt attentif. Sa bienveillance m'apaise, me grandit. Je me lance, dévoile mes conceptions, mes interrogations. J'ose lui raconter mon long cheminement de l'athéisme à la foi, que marqua la révélation dans le désert du Sahara. Au nom de Charles de Foucauld, il frémit, ses prunelles brillent d'un éclat très spécial, la joie s'empare de lui et l'inonde. À peine ai-je employé l'expression « nuit de feu » qu'il me cite en français, avec un tendre respect, les phrases du mémorial où Blaise Pascal transcrivit sa conversion mystique. En dernier lieu, je lui narre ma récente expédition en Terre sainte. Il rebondit à chaque réflexion, il rebondit haut, bien plus haut que moi, aux étages élevés que sa pensée habite.

– Beaucoup d'entre nous reçoivent une révélation, conclus-je, mais nous n'y sommes pas disposés. Nous la rangeons dans une poche et l'oublions. Nous n'acceptons pas la révolution de la révélation.

Le balancement lui plaît. Il me confirme que souvent, parmi nous ou en nous, Dieu ne parvient pas à passer. Or nous devons le laisser passer. Il nous faut desserrer tous les freins, fermeture, urgence, certitude, domination.

Le Saint-Père répond avec franchise, humour, aux diverses questions que je lui pose. Le souci de son ministère, son écrasante responsabilité n'ont pas usé sa liberté. Jérusalem se donnant comme le seul lieu de pèlerinage légitime pour les trois monothéismes, judaïsme, christianisme, islam, nous examinons la spécificité de chaque confession. Tandis que je m'étonne que l'œcuménisme naisse la plupart du temps d'un désir catholique, orthodoxe ou protestant, que la main tendue aux autres religions vienne plutôt d'un pape que d'un imam ou d'un rabbin, il le justifie par l'Histoire et la doctrine. Le christianisme ne s'est pas toujours montré à la hauteur de ce qu'il prône, excluant, conquérant, massacrant ; à lui de reconnaître ses fautes et de mettre à profit les leçons de ses erreurs. Le cœur même du message chrétien est l'amour, la préoccupation de l'autre, son accueil. Derrière ce qu'il professe, je décèle notre cher Charles de Foucauld et ce que ce dernier concevait par la mission : témoigner. Pas convertir. Se régler sur la « vie de Nazareth »... Semer. Pratiquer l'enculturation. Il ne s'agit pas de rendre tout le monde chrétien, mais de se conduire en chrétien. Un chrétien mène un perpétuel apostolat puisqu'il incarne des vertus.

– C'est vraiment chrétien d'aller vers celui qui n'est pas chrétien.

Cela ne m'a pas échappé : à plusieurs reprises, le Pape François a insisté sur l'obligation évangélique de se rendre au-devant des autres, cette « mission » mal comprise jadis lorsqu'elle avait viré à la conquête impérialiste, qui regagne désormais son sens originel. « Nous sommes tous des missionnaires », martèle-t-il.

Notre demi-heure d'entretien se termine. Il se lève et me raccompagne, ce qui, vu l'étendue de la pièce, représente une distance excessive pour un homme qui souffre de difficultés à se déplacer. Je proteste, il s'obstine. On ne résiste pas à l'autorité de sa gentillesse. Sur le seuil, il se penche, incline la tête et me glisse à l'oreille :

– Priez pour moi.

Surpris, je crains de n'avoir pas saisi et lui demande de répéter.

– Priez pour moi, chuchote-t-il à nouveau.

Des larmes me montent aux paupières. Fils de kinésithérapeute, j'ai le réflexe immédiat de regarder la canne qui le soutient, puis ses genoux et ses hanches qui le persécutent. Il devine ce que j'imagine et sourit. En m'attrapant la main, il me rassure.

– Non, non, pas ça.

Il désigne derrière lui l'immense bibliothèque, derrière elle l'immense Vatican, derrière encore l'immense chrétienté.

– La tâche est lourde, énorme. J'ai beaucoup à faire. Priez pour moi.

Ses yeux pleins de bonté précisent les mots : « Moi, j'importe peu, ne vous inquiétez pas. Priez pour le Pape et son magistère, pas pour Jorge Mario Bergoglio. Ma seule valeur découle du devoir qui m'oblige. Aidez à sa réalisation. »

Puis je déchiffre un second message sous le premier : « Aux yeux de Dieu, votre prière compte autant que la mienne. »

Je suis bouleversé.

En le quittant, j'ai le cœur transpercé. Pendant que je parcours en sens inverse les interminables couloirs versicolores du Vatican, je revois cet être de lumière, penché sur son bureau, qui parvient à transformer un palais en cellule monacale ; je songe à sa vie dédiée à l'Évangile, à cette force qui émane de lui, cette force qui vient d'ailleurs, dont il s'estime le simple vecteur, et je m'avoue que je l'aime, cet homme qui est totalement lui, et tellement plus que lui.

Quand j'emprunte les marches de l'escalier monumental, je conclus : ici décidément, Dieu est au travail.

*

Pourquoi partir ?

Je me le demandais il y a quelques mois, lorsque, à la perspective hasardeuse de pérégriner en Terre sainte, je préférais le confort de mon métier, fût-il parfois pesant. J'étais alors persuadé que mon esprit ne se nourrissait que de pensées et de livres.

Or il me semble évident aujourd'hui que l'esprit avance avec les pieds.

Marcher, s'épuiser, transpirer, découvrir, rencontrer, voilà ce qui, chaque fois, a suscité le renouvellement de ma vie spirituelle. Si je n'avais pas traversé le Sahara, je n'aurais jamais reçu la foi. Si je n'avais pas gagné Jérusalem, je n'aurais jamais perçu Jésus comme une personne et comme Dieu. Toujours, au cours de mon existence, des révélations m'attendaient au bout des routes.

Pourquoi partir ? Parce qu'il faut d'abord abandonner son cadre, perdre ses repères, se désenkyster de ses habitudes : cette rupture constitue une hygiène nécessaire. Le voyage exprime ensuite le respect de soi-même, le soin qu'on apporte à soi-même : consacrer du temps à la rêverie, à l'impromptu, aux sensations, aux sentiments. Enfin, il nous porte à ouvrir les bras, le cœur, l'intellect, à déverrouiller nos préjugés, à assumer notre faiblesse, à cultiver notre fragilité. Sans nos failles, comment la lumière passerait-elle ?

Le voyage coupe, disperse, recentre puis aboutit.

Qu'escomptais-je avant cette expédition ? Je l'ignore. J'ai été mû par une pulsion confuse, le pressentiment qu'il arriverait quelque chose d'important, peut-être la prémonition d'un rendez-vous. En tout cas, une fois parti, j'eus l'appétit constant de me montrer disponible, en situation de voir, d'entendre, d'apprendre.

Jésus, s'il fut Dieu, ne fut pas un Dieu vainqueur. Il n'échappa ni aux Romains ni au grand prêtre, il n'extirpa pas les clous de sa croix, il n'envoya aucun déluge pour punir ses bourreaux. Non, il périt et réapparut subrepticement, caché sous une capuche, murmurant à l'oreille des femmes, des marcheurs, de quelques disciples. Jésus n'est pas un Dieu triomphant, mais l'intercesseur qui fait triompher un Dieu d'amour.

L'Incarnation et la Résurrection relèvent du mystère, pas de l'énigme. L'énigme offre un problème que dénoue une solution – toute énigme expire. Le mystère soulève un problème qui n'obtient nulle résolution et, comme tel, nous donne à réfléchir, mieux même, à espérer…

L'humanité se divise entre ceux qui résolvent des énigmes et ceux qui demeurent à l'écoute des mystères.

On ne devient pas chrétien parce qu'on a élucidé le mystère du christianisme, on devient chrétien parce que l'on palpe ce mystère, qu'on le fréquente, qu'on s'en inspire et que, de son contact, on sort modifié. Si la foi chrétienne réclame au départ une intelligence persévérante – lire les Évangiles, les comparer, les interroger, les compléter –, elle la dépasse pour se muer en adhésion. Comment ? Mon expédition me l'a révélé.

Le christianisme est un mystère auquel il reste mystérieux de croire.

Au fond, il y a deux façons d'appréhender un voyage en Israël et en Palestine, deux manières aussi légitimes l'une que l'autre. Certains cherchent leurs racines dans la terre. Moi je les ai trouvées dans le ciel.

Postface

Cher Éric-Emmanuel, cher frère,

La lecture de votre livre, *Le Défi de Jérusalem*, m'a rappelé les jours de mai 2014, lorsque j'ai eu la grâce d'effectuer un pèlerinage en Terre sainte à l'occasion du 50e anniversaire de la rencontre entre mon vénérable prédécesseur saint Paul VI et le patriarche Athénagoras. Un événement, celui de 1964, qui a marqué une nouvelle étape dans le parcours de rapprochement entre les chrétiens, depuis des siècles divisés et séparés, mais qui précisément sur la terre de Jésus a reçu une nouvelle orientation.

Bethléem, le Saint-Sépulcre, Gethsémani... les lieux que vous avez visités, et décrits avec une intensité poétique dans ces pages, me sont revenus en mémoire avec force. Car notre foi est aussi une foi « mémorielle », qui conserve précieusement les mots et les gestes par lesquels Dieu se manifeste.

Et, comme vous l'écrivez, on se rend en Terre sainte pour « marcher là où tout a commencé ». Dans la Galilée de Nazareth et de Capharnaüm, les lieux où Jésus a grandi et a commencé son service d'annonciateur du Royaume de Dieu ; dans la Judée de Bethléem et de Jérusalem, où il est né et où s'est accomplie sa parabole terrestre ; dans ces lieux, vous vous êtes fait pèlerin pour toucher de vos propres mains le mystère insondable du christianisme. Ce que vous définissez avec des mots qui me touchent profondément : « L'Incarnation. Dieu a pris chair, os, voix, sang en Jésus. »

Oui, la Terre sainte nous offre ce grand don : toucher littéralement de nos propres mains que le christianisme n'est pas une théorie ou une idéologie, mais l'expérience d'un fait historique. Cet événement, cette Personne, on peut encore les rencontrer ici, dans les collines ensoleillées de Galilée, dans les étendues du désert de Judée, dans les ruelles de Jérusalem. Non pas comme une expérience purement mystique, mais comme la contre-preuve réelle que les Évangiles nous ont transmis le déroulement effectif d'un fait historique, dans lequel s'est déployée la révélation définitive de Dieu à l'homme et à la femme de tous les temps : Dieu s'est incarné dans un homme, Jésus de Nazareth, pour nous annoncer que son Royaume nous est proche. Vous l'avez bien mis en évidence dans le Chemin de Croix, lorsqu'à un moment donné vous dites : « L'humanité de mon Dieu n'est pas un simulacre. » Non ! Dieu s'est réellement fait chair et sang en Jésus, et comme homme, il a vécu, aimé, souffert par amour pour nous, pour tous et pour chacun, en donnant sa vie sur la Croix. C'est bien là la bonne nouvelle que nous attendons tous : Dieu n'est pas un être mystérieux dissimulé dans les nuages, mais quelqu'un qui vient vers nous et se familiarise avec nous.

D'autres aspects de votre récit émouvant m'ont interpellé. La mention, par exemple, de saint Charles de Foucauld qui, comme vous me l'avez dit lors d'une de nos rencontres, a été l'origine providentielle de votre rencontre avec Dieu lors d'une nuit aventureuse dans le désert. Le fait d'avoir vu et touché les lieux où le frère Charles a vécu à Nazareth, mûrissant là cette spiritualité qui a fait de lui un « frère universel », vous a aussi ouvert à l'intimité d'une vision théologique que vous résumez ainsi : « Témoigner. Pas convertir. » Je l'ai moi-même répété plusieurs fois, faisant écho à une affirmation de Benoît XVI : « L'Église ne grandit pas par le prosélytisme mais par l'attraction. » Le chrétien ne convertit personne, il témoigne plutôt du fait que Dieu lui a tendu la main, l'a sauvé de l'abîme de ses péchés et lui a témoigné une infinie miséricorde. Telle est la vocation du chrétien : être le témoin d'un salut qui l'a atteint.

Et en rappelant Charles de Foucauld, je me permets de terminer en empruntant le titre que vous avez choisi de donner à votre carnet de voyage, *Le Défi de Jérusalem*, qui est selon moi, en réalité, le défi auquel nous sommes tous confrontés, celui de la fraternité humaine. À Jérusalem, vous l'avez vu et raconté, les grandes traditions religieuses qui se réfèrent à Abraham se rencontrent : le judaïsme, le christianisme et l'islam. Et ce n'est pas un hasard si, lors de mon voyage apostolique en 2014, j'ai voulu être accompagné par deux personnalités juive et musulmane, le rabbin Abraham Skorka et le représentant musulman Omar Abboud. Car je voulais manifester, également d'une manière visible, que les croyants sont appelés à être des frères et des bâtisseurs de ponts, et non plus des ennemis ou des faiseurs de guerre. Notre vocation est la fraternité, car nous sommes les enfants du même Dieu. Le défi que Jérusalem pose encore aujourd'hui au monde est précisément celui-ci : éveiller dans le cœur de chaque être humain le désir de regarder l'autre comme un frère dans l'unique famille humaine. Ce n'est qu'en ayant conscience de cela que nous pourrons construire un avenir possible, en faisant taire les armes de la destruction et de la haine, et en répandant dans le monde entier le doux parfum de la paix que Dieu nous donne inlassablement.

François

Cité du Vatican, le 16 février 2023

DU MÊME AUTEUR

Aux Éditions Albin Michel

Romans

LA SECTE DES ÉGOÏSTES, 1994.

L'ÉVANGILE SELON PILATE, 2000, 2005.

LA PART DE L'AUTRE, 2001.

LORSQUE J'ÉTAIS UNE ŒUVRE D'ART, 2002.

ULYSSE FROM BAGDAD, 2008.

LA FEMME AU MIROIR, 2011.

LES PERROQUETS DE LA PLACE D'AREZZO, 2013.

L'HOMME QUI VOYAIT À TRAVERS LES VISAGES, 2016.

LA TRAVERSÉE DES TEMPS
   1. Paradis perdus, 2021.
   2. La Porte du ciel, 2021.
   3. Soleil sombre, 2022.

Nouvelles

ODETTE TOULEMONDE ET AUTRES HISTOIRES, 2006.

LA RÊVEUSE D'OSTENDE, 2007.

CONCERTO À LA MÉMOIRE D'UN ANGE, Goncourt de la nouvelle, 2010.

LES DEUX MESSIEURS DE BRUXELLES, 2012.

L'ÉLIXIR D'AMOUR, 2014.

LE POISON D'AMOUR, 2014.

LA VENGEANCE DU PARDON, 2017.

Le Cycle de l'invisible

MILAREPA, 1997.

MONSIEUR IBRAHIM ET LES FLEURS DU CORAN, 2001.

OSCAR ET LA DAME ROSE, 2002.

L'ENFANT DE NOÉ, 2004.

LE SUMO QUI NE POUVAIT PAS GROSSIR, 2009.

LES DIX ENFANTS QUE MADAME MING N'A JAMAIS EUS, 2012.

MADAME PYLINSKA ET LE SECRET DE CHOPIN, 2018.

FÉLIX ET LA SOURCE INVISIBLE, 2019.

Récits

LA NUIT DE FEU, 2015.

JOURNAL D'UN AMOUR PERDU, 2019.

Essais

DIDEROT, OU LA PHILOSOPHIE DE LA SÉDUCTION, 1997.

MA VIE AVEC MOZART, 2005.

QUAND JE PENSE QUE BEETHOVEN EST MORT ALORS QUE TANT DE CRÉTINS VIVENT, 2010.

PLUS TARD, JE SERAI UN ENFANT (entretiens avec Catherine Lalanne), éditions Bayard, 2017.

Beau livre

LE CARNAVAL DES ANIMAUX, musique de Camille Saint-Saëns, illustrations de Pascale Bordet, 2014.

Théâtre

*Le Grand Prix du Théâtre de l'Académie française
a été décerné à Éric-Emmanuel Schmitt
pour l'ensemble de son œuvre*

LA NUIT DE VALOGNES, 1991.
LE VISITEUR (Molière du meilleur auteur), 1993.
GOLDEN JOE, 1995.
VARIATIONS ÉNIGMATIQUES, 1996.
LE LIBERTIN, 1997.
FRÉDÉRICK, OU LE BOULEVARD DU CRIME, 1998.
HÔTEL DES DEUX MONDES, 1999.
PETITS CRIMES CONJUGAUX, 2003.
MES ÉVANGILES (*La Nuit des Oliviers, L'Évangile selon Pilate*), 2004.
LA TECTONIQUE DES SENTIMENTS, 2008.
UN HOMME TROP FACILE, 2013.
THE GUITRYS, 2013.
LA TRAHISON D'EINSTEIN, 2014.
GEORGES ET GEORGES, Livre de Poche, 2014.
SI ON RECOMMENÇAIT, Livre de Poche, 2014.

Site Internet : eric-emmanuel-schmitt.com

Composition : IGS-CP
Impression : CPI Bussière en mai 2023
Éditions Albin Michel
22, rue Huyghens, 75014 Paris
www.albin-michel.fr
ISBN broché : 978-2-226-45024-1
ISBN luxe : 978-2-226-18535-8
N° d'édition : 23955/05 – N°d'impression : 2071804
Dépôt légal : avril 2023
Imprimé en France